冯 良 **著**
程丛林 **绘**

凉山的人

四川文艺出版社

凉

山

的

人

目
录

凉山少年

/1

喜德县

/37

沙，沙马拉达的沙

/67

害羞的民族

/97

有名气的人

/123

彝娘汉老子

/145

病故的老阿牛

/167

一个苏尼

/189

欧婆婆传

/215

涼山少年

　　家兄名，单字"维"，初中以前，以为是"伟"，他自己也总在课本的封皮上落以"伟"字。等到小弟出生时起名"瑜"，方知家兄名"维"，取自三国人物姜维；"瑜"也取自三国人物，东吴大将军周瑜是也。

　　从没问过父亲，三国人物有的是大牌，起码周瑜不如诸葛亮吧，为何给两个儿子一个名之维一个名之瑜，都算不上三国时的大英雄大机灵鬼。

　　忆当年，冬天的夜里围着红红的钢炭火盆，门外风呼呼，冷得浸骨，父亲给我们讲水浒说三国，演义过的，最能触发他讲述热情的，我听得多的是王矮虎和扈三娘的故事、武松的故事、浪里白条的故事、李鬼不是李逵的故事，晁盖也在其中。等我有了阅读能力，自己去读书时，才知道我父亲讲到的这些人物只是瞬间的精彩，不像他给我的感觉，他们贯穿在全本小说里呼风唤雨，是小说的灵魂所在。最让我失望的是，这些人物，比如王矮虎、扈三娘，他们不打不相识，具备了男女浪漫的基本也十分诱人的情愫，而且女强于男，反传统，按我父亲的讲述，完全是天造一双地设一对，看到终篇，原来在后面捣鼓的是宋公明，不免扫兴！随着年龄渐长，我也越来越认识到我父亲在作为讲述者时，他是在自己的立场上做了发挥的。他对讲述内容的选择和发挥令我钦佩，他虽然在日常生活里表现出崇敬大人物大事件的一面，但喜好的对象更多的是有个性的配角、小人物，对由这些小人物生发的趣事、囧事津津乐道，天性里的喜剧感让他一生不势利，心疼自己，凡事不那么在乎，跟得上时尚，哪怕一点点，所以也不很在意别人的看法，包括子女的。

说到他对大人物的崇敬，有案可稽。比如当他从某个信息源知悉司马迁为避祸，留嘱让自己的后人改姓为司或马，甚而冯时，他觉得特别荣光，想不到自己竟然可能是司马迁的苗裔，逾两千年后。

以上两个方面谈不上是家父的矛盾处，就像我们学的哲学，得辩证地、唯物地来看世界，事物都是波浪似的前进，螺旋似的上升，当然，也会反向行之，人生也如此。

总之，不知道姜维哪里打动了父亲，他用"维"来做了长子的名字。而"维"字在我们的成长阶段不具可感性，远不如"伟大"的"伟"来得通俗易懂。

或者姜维的武将身份，父亲对儿子的愿望如此吧，毕竟他

是军人出身。

不论"伟",还是"维",1959年4月生人,母彝父汉,俗称的"彝娘汉老子"的后人,家兄,展开了只属于他的人间旅途。

家兄,包括我在内的一代人成长的20世纪六七十年代,从军几乎是我们那偏僻山区男孩们的唯一理想,它展现的荣耀、威武、浪漫,令男孩子们神魂颠倒,孜孜以求。这个理想贯穿于他们对社会、人生的理解,是学校教育、社会教育,包括历来尚武的民间风气促成的。

还要更小的时候起,小学三五年级时,我哥哥每天进入梦乡前的常课基本是一个人的战斗。最常听见的是他模拟的枪炮声,嗒嗒嗒,轰轰轰,点射声啾啾,子弹随意穿行,余音尚绕梁,已然击中假想敌。随之,响起的是战死者临终前的呼痛声、倒地声。情景也模拟得很充分,你冲锋我掩护,手榴弹支援,竟然还有迂回、包抄、堵截这样的专业作战术语。能听见他的翻滚声、匍匐声。他还会压低嗓门,略带惊恐地报告连长,有条蟒蛇出现在坑道,正朝他爬来。但他表示自己把持得住,绝对不会弄出动静来被敌人发现。有时是马蜂。夏天蚊帐里赶之不尽的蚊子,他如果啪的一声打中了的话,会欣喜地欢呼自己打下来敌人的一架飞机。

他当然也会和自己的伙伴们玩实战。箭竹竿，家家必备的红缨枪也是他们的武器。他们呼啸着跑过家属区、办公区、街道，会招来大人的呵斥，偶尔也有赞扬，说第三次世界大战打起来的话，如我哥哥一般的男娃娃们有备而上，一定能凯旋。

记忆里我跟着哥哥玩过一次他们的"打仗"，与邮电局的男孩子。我们几个女孩子帮着挖陷阱，再搭上细棍子铺上竹篾、油毡，最后轻轻地覆上土。求逼真，潮土上再撒以干土，还缀上几片树叶子。

战斗爆发在夜间，人影憧憧，声气喧阗，持续的时间不长，以邮局一个孩子的惨叫结束互殴。他踏入的陷阱，按大人们事后所说，差点折断他的小腿骨。

这起事故的严重性，搞得双方单位的大人对峙了一段时间。至于我哥哥是不是被父亲收拾了一顿，我不记得了。那一仗他不是主导者也是战场提供者，我父亲单位如他大小的男孩有限，发起和参战的都是他和他的朋友。

他的这些朋友的父母散布在小小县城的各个单位，政府部门、商业局、邮电局、公安局等，所来天南地北，都是凉山解放后随军转业或调干者。对来自这些单位的子弟，当地人，主要构成者为农民，一般将他们呼为机关上的娃儿。这些娃儿年龄相仿、投契者互为玩伴，少有和当地孩子往来的。

家兄终其一生相伴左右的毛根儿朋友一位是刘雅曦一位是刘志刚。所谓毛根儿相当于发小，渊源深厚。刘雅曦长大后做刑警之余还画画，做的雕塑写实、张力十足，直逼专业人士。

我哥哥少年时也有兴趣于绘画，不记得他是否和刘雅曦一样跟专人学习过，后来由他负责他所在小学校的美术课，还以美术字在乡村的墙壁上挣过外快，想必他的美术兴趣已攀升为一定程度的技能。

记得少年时的他画过一幅戏谑十足、漫画类的东西：看戏的场面，基本都是观众，也几乎都是背影，唯近景有位只及前面观者腰部的小个子男子，侧仰脸，鼻子眼睛嘴蹙成一团，很是不堪的样子。特别题曰：高个子看戏矮个子闻屁。

家兄少年有型，脸相俊朗，小学中学都是校宣传队的一员。这让与唱歌跳舞根本无缘的我极度膨胀，看演出，只要家兄出现在舞台上，就会顾左右而发声：我哥哥、我哥哥！还不断地以指相点。

小学有段时间，课间常向小友们炫耀说，我家哥哥每次演出回来都会给我们带油炸花生米。"我们"，特指的是我和妹妹。给人的感觉，花生米取之无尽，其实七八粒十三四粒不等，包在一张作业纸里，经常沾着稀饭汤。想来那花生米一定是我哥哥捡自演出后所谓消夜的碗中，以满足他妹妹我的虚荣心。那个年代，一个山区县城少年业余文艺演出者能够吃到的消夜，也就一两碗黏稠的稀饭配馒头再榨菜丝、泡菜、豆腐乳吧，油炸花生米算是奢侈的。

家兄出演给我留下最多印象的是打鬼子的歌舞，一队头扎羊肚毛巾、脸蛋涂得红红的游击队员绕台慢走，一会儿半蹲一会儿直立，要不甩胳膊，要不两手相握朝下压。歌词反复，至今有两句随时袭来盘绕脑海："八路军来了烧开水，鬼子兵来了埋地雷。"

很多时候，我并不知道哥哥在哪里和谁玩耍，又是怎么消磨成长的烦恼和快乐的。相对的，他也不知道我吧。回想起来，在他十五岁离开家以前，我们在一个屋檐下的时间多过和父亲的相处。

父亲常年不是出差就是下乡、驻村，在他离家的时段，家政大权在家兄去凉山共产主义大学上学前，一直由他掌管。之后由我，但统领的只有一个妹妹，他是两个。

凉山共产主义大学算是"文革"产物，仅指校名，其实就是凉山民族师范学校，至今犹存。

没有大人管束，不用被催着睡觉，可以躺在床上看书、听趣闻，放学也不着急回家，踢毽子跳房，可劲玩，再跑去帮农村同学摘猪草、给菜园子浇水，吃人家用新玉米面做的饼子，爬在人家的樱桃、桑葚树上大吃特吃，再兜着走。还有小钱可以支配，父亲按出门时间的长短专门留的多则三五元、少则两三元的买菜钱，何等地愉快！一切喜欢的小玩意儿，吃的，玩的，都可以小随心愿，就是少买竟或不买所有的蔬菜。家兄偶尔还会带我和妹妹去打一次牙祭，不过是在县城唯一的街道上国营食堂之外的一家集体性质的面馆吃碗素面，或者臊子面，如果手头宽裕。他还会巧妙地用三五分小钱达成自己的"交易"，免去做饭、洗碗的烦劳，或者指使两个妹妹中的某一个帮自己跑腿。最后，大概率事件是透支了妹妹们的劳动，"等爸爸出差有钱了再补给你们"却成了空头许诺。

如此的愉快当年的我感受不到，羡慕的是朋友家母亲有计划的各种管理和督促，每天两颗糖、一块饼干，苹果橘子分瓣吃，硬糖含在嘴里别急着吸别急着嚼，硬币存在外形可爱的陶罐里，摇一摇，叮叮当当响，大感富足。我们呢，有就海吃，没有就干瞪眼。比较海吃，干瞪眼的时候多到不计其数。

于哥哥而言，还有的愉快是，我们家简直变成了他邀集朋友玩耍的乐园。他们借宿在此，动手做吃的，用的是我家的库存，也从各自家中摸索一些带来，家兄后来拥有的人人叫好的厨艺也许就奠基在这个时段。家里珍藏的食品如果能够找到，都被他们翻腾出来吃掉了。记得的是一搪瓷盆碗状红糖，有七八块吧，也不幸落入他们腹中。那个挨饿、缺乏物资的年代，他们可是安逸无比啊，随便把自己摊在床上凳子上，咂着红糖甜汁，一边比声高，神乎其神地嚷嚷着自以为是的冒险和胆大当道，鬼的故事也是必讲的，还硬把自己装进去，编排成和大鬼小鬼较量的硬汉。父亲归家，面对那空空的搪瓷盆，心痛到暴跳如雷，我只好掩护哥哥过关。我们互为掩护，这一次是我帮他，也挨了几条棍。家兄的那帮朋友一贯奚落我为管家婆，烦我动辄出面干涉他们，哪里晓得我也曾被动地帮过他们。

家兄招待客人的大手笔何止于他的朋友，我们的小姨小舅也在其列。他们和家兄年龄相仿，尊为老辈子，却更是玩伴。寒暑假来做客，哥哥热情相待，腊肉成块地取来煮食，家父碍于面子，婉转相告，腊肉有限，一年都得靠它们解馋，全不入耳，终于愤而喊道，也不顾及老辈子小辈子："你们这些憨娃儿，不晓得珍惜食物，早晚饿死！"大多数时候，腊肉是各种菜肴的提神者，煎辣椒，炒或烩土豆、南瓜、四季豆、蒜薹，都会有腊肉的影子，晶亮的，干酥的，图的是肉香气。再比如薄薄地切上几片，铺在装满豆豉的碗里，放在蒸笼或者米锅里，靠渗得的油星星滋润、油香干巴巴的豆豉好下饭。

由小姨小舅讲来，我哥哥总是在调皮捣蛋，说他小时候玩跳房的游戏，单腿跳到最后一格，不料被推出的一扇窗框碰疼了脑袋，破皮未必，大怒，捡起随处可见的石头便砸了人家的窗玻璃；又说他某一天撕了街墙上的标语纸，一手一大张，舒展开双臂，当成翅膀迅跑，做飞翔状，对大人经受的惊吓一无感知。

这个时段的家兄，我怎么也回想不起来他在哪里又和谁一起玩。因母亲突然风逝，我俩被托庇给二姨，一起生活在那个所属雷波县，叫西宁，以伐木而兴起而繁荣的小镇，他九岁我五岁，直到半年后父亲来接我们回家。两岁多的妹妹送去夹江县大伯家，两年后，已经五岁的妹妹才回到凉山和我们一起生活。

反而，我记得的是母亲去世前，某次哥哥带我坐父亲为我们自制的滚珠车，坡上滑行到坡下，越滑越快，哥哥刹车不及，连车带人，一块儿跌进了坡底的水沟里。我们的母亲，身着医务人员的白大褂，立在水沟沿上眼神回收，笑微微，身后是喜德县两河口区卫生院的一排平房。我甚至记得舔食过从其中的药房里流出的药片上的糖衣。

还有，哥哥在阳光下晃动着一块儿小玻璃，也可能是小镜子，逗比他年幼，包括我在内的三几个小屁孩跳抓映在墙上、抓住也会跑掉的光影玩。

然后，父亲，至今我还清晰地看得见他在呼喊我哥哥时眼中含着的泪。"冯维，回来。"他喊的是。我也跟着哥哥往家跑，小小的心眼儿里生怕有啥好吃好玩的落下我。那一天，我们从早饭后就在院子里玩耍。某个时刻我回去过一趟，我母亲躺在床上，也是微微笑。我甚至记得她反手叠了叠枕头，为的是让枕头高一点舒服点吧。隔壁的易阿姨端着一只大碗在吃饭，她好像说，那一天可别让她三顿饭都在我妈妈的床前吃啊！她等着在给我妈妈接生，她希望新生儿快点诞生，好让她回家安心进午餐和晚餐。其实，她那是在给我妈妈鼓劲。我们的妈妈本来要给我们添一个弟弟的，却留下三个儿女，带着那个可能连眼睛都没睁的婴儿飘逝了。

直到现在，知情人都还在遗憾，说当时，1968年8月的某一天，如果不是武斗白热化，铁路医院的大夫不是锁上门躲祸去了，或许我母亲还有救，似乎那被锁的门里面藏着挽救产妇生命的某种药物或器械。我父亲悲伤时总会说，你妈妈太犟，如果当年她不是追着我从县上调到区里，她就不会因为区卫生院简陋的医疗条件猝然离世。我母亲去世时，我父亲已经从区里又调回了县上，而我母亲却永远留在了那个叫两河口区，现在区改称镇的狭小的峡谷里。

关于铁路工人的武斗，我甚而还记得母亲带着我们藏身当地汉族农民家，躲避可能的殃及。当年，我可不知道我们被自己关在两扇木门板后是在避祸，记得的是透过门缝，看得见列队而过一身工装、戴着柳条头盔、拿着钢钳的武斗人员，他们橐橐的脚步声尽入耳里。他们都是修筑成都到昆明的成昆铁路的工人，武斗时唯一不敢惹的是当地的农民。

那个时间，母亲应该快生产了吧？

时常，我会因为母亲的笑微微怀疑我的记忆可能出错的概率，毕竟那时我只是一个小屁孩嘛，我母亲，她怎么一直都是笑微微的呢？就是我缠着她给我们一众小友讲故事，她踞坐在床上，夹在指头间的香烟烟气缭绕，她也是笑微微的。难道是她留在照片上自控明显的笑容操纵了我的记忆？

我母亲逝于三十五周岁，年轻、美丽的容颜永驻儿女心间。

年长我四岁的兄长有更多的时间承欢母亲膝下，也和母亲的合影最多。不是那种在相馆摆姿作势的合影，而是拍自我父亲的相机。那是一部海鸥牌相机，120。似乎不等我出生，它已下落不明。按父亲的说法，被朋友借来借去，不知道借哪里去了。

其实，更可能是父亲不再有心情玩了，他的年轻时光随着妻子的早逝悄然而去，落在他肩上的担子是三个年幼的儿女，最小的一个两岁半。

家兄的心情呢？

除了丧母的彻骨哀痛，我哥哥在成为一个乡村教师前，和邻家男孩无异，顽皮，义气，不和女孩啰唆，因为充当临时家长，主意笃定，相对于同龄人更具权威，因而快乐吧。

成为乡村教师，他就不快乐了吗？起码越来越寡言少语。

他任教的第一个小学，当时在团结公社，后来公社改乡，他已经调离那里，去了另一个叫贺波罗的乡，再以后是光明联合村，然后就是冕山镇了，他在这里一直到退休，从镇小学副校长的位子上。

记得他在团结公社小学时，他的一个杨姓同学，也是邻家哥哥约我，准确地说是叫上我，打算去找我哥哥玩耍。那是1977年冬天，他们中学的同学，除刘雅曦、杨雪平等几位高中毕业有日便参了军，余下的有参加当年恢复高考后第一次高考等通知的，也有等着招干招工的，反正没人上山下乡了。

大概就在这个等待的时间里，他的杨姓同学随性想去我哥哥的工作地点打望一番，家兄是他那一拨同学里第一或第二个挣工资的。

结果只沿着公路边走了三分之一的路程，我们就打道回府了。有明白人看着我直摇头，他们认为杨姓哥哥带着我这样一个拖累，后半夜都未必能到达团结公社，除非能搭上顺风车。

再以后，初三一年高中两年，我忙学业忙得晕头转向，打倒"四人帮"了嘛。我的哥哥呢，辗转在光明联合村、贺波罗乡，那时候还叫公社。我知道，也听见他请父亲帮忙，他想转行，起码调来县上，哪怕转不了行来城关小学教美术教体育都可以，却好像他的愿想都绕着他走，把他一次又一次地甩在他出发的地方。

周末，寒暑假，他回到家里，记忆里能形容他的似乎只有改动自王晓波用过的一句话，沉默的存在，王晓波的是"沉默的大多数"，也何尝不可，我的哥哥他确是那大多数中的一位。感觉他借宿在家里，事实也如此，家里并没有他特定的一隅，即便床。慢慢地，他回家少了，至多吃顿饭，基本长在朋友那里。

他的毛根儿有当完兵回来做了警察的，也有子承父业招工招干的。从州里招干来到县里后来做了他朋友的两位青年，一位进了法院，一位去了新华书店。接下来，他们又都陆续调回了州上。

供职法院的那位，因为某次执行警务的英勇行为声名鹊起。家兄实心赞佩，我回凉山探亲讲给我听，说他的这位朋友如何反应灵敏，身手矫健，从已经启动加速的火车上钻窗而出，跳落在支棱着石块儿的路基上，伤了腿脚，还是抓住了嫌犯。我哥哥也感叹，怎么让他碰到了呢！他指的是他这位朋友的人生机遇。

家兄的心迹确定，他不停地在做他童年少年的行伍梦，都用不着我挑明。而不挑明，自从我离家上大学再工作后，我们每一次见面时，这似乎成了我和他的对话戛然而止的一个格式。

然后，我会走开，找我嫂子聊天，或者逗我的侄儿，相隔五岁的两个侄儿，一直到他们也开始加入他们的妈妈与我的聊天中。

　　我哥哥呢，每一次，每一次，他可能还坐在那里，静止的神情、体态、灯光、由窗户漫进来的天光也都是静止的，正对着他的那堵白墙，上面挂着幅装饰画，下边摆放的电视机荧光闪跳，却像是更深的沉静笼罩着我哥哥。好几回，我丈夫翟跃飞打赌说他要熬到我哥哥找他说话为止，哪能够！

　　我哥哥坐在那里是一个可能，他也可能撇下我，包括任何一位打算继续和他交谈的人，比如翟跃飞，嘟噜一句他要去厨房做菜了。

　　这即便是借口，也属不可抗拒的。不单我，和我哥嫂相关的所有亲朋，都很贪他们家的一口菜肴，大菜如鸡鸭鱼的烹调、腊肉香肠的熏制，小菜如豆腐乳、泡腌菜、水豆豉，调料如豆瓣酱，于我们那厮身云贵川三角地带的口味更多了泼辣中的蕴藉，那一种味道，从舌尖直抵心里，恐怕只有相当级别的香香嘴才能体会得到。所以，谁能阻挡我哥哥去往厨房的脚步呢，又有谁能有我们的幸运呢！

　　这一种味道，来自我哥哥的独家秘方，是他从少年时代起练就的独门武功。

　　我哥哥开始给我和妹妹做饭时，不过十一岁，按童年少年的分期，应该还在童年阶段吧！

　　那个年代的孩子，六七岁起就被家长催迫着为他们分担家务的不在少数。小学一年级时，我同学兼邻居的妈妈正教她如何才能不把米饭焖煳，看我在旁边溜达，扣住我，让我也跟着听讲，还示范点燃柴火、翻转灶火的技巧。记得我那同学家的早饭从那时起都是她在做，清晨早于父母和弟妹起床，点火煮烫饭，捞泡菜、豆腐乳，摆好饭桌后，等待父母弟妹陆续就座。

我因为有哥哥，有关早上的记忆，起码小学四五年级以前，也即我哥哥离家去共大实际师范读书前，我记得的不是为上学艰难起床，就是难咽的南瓜或红苕烫饭。

那时候凭粮票买粮食，大人多于小孩，男孩又多于女孩，即便这样，女孩子的定量每月也在二十斤吧，大米白面除外，配以杂粮，放现在，哪里吃得完，但当时即便添上南瓜、红薯、洋芋，也不够吃，因为没有副食。

我们家一般会在做晚饭时，先将煮到五六成熟的大米滤干，米汤待用，再在铁锅里码上切成块儿的南瓜或红苕，铺以半熟的米粒儿，沿着锅边均匀地浇上水，盖严锅盖，小火焖得一锅南瓜或红苕米饭。

这要放在今天，养生人士一定会抢着南瓜或红薯吃，但我们那个时候，物以米为贵，无论如何都想吃上哪怕一口白米饭。

在我们家的晚饭桌上，我和妹妹何止一口米饭，我俩受优待，米饭管饱，而哥哥，在父亲的带领下，吃的是混合在一起的南瓜或红薯米饭。没听见他有怨言，似乎理所当然，做哥哥的就该被当作大人来对待。

家兄也确实在父亲一年到头不断下乡和出差的时间里，是我们家的大人，所谓少年家长。他当然不止负责早饭，父亲不在家时，午饭晚饭也主要由他主持。他的厨艺因此主要奠基在那个时候？我觉得然也。

那个缺油少肉的年代，能做的有限吧，又只是一个少年。可家兄炒菜薹、煮青菜豆腐，哪怕做蘸水，从不含糊，如果临时少了葱或者蒜，非要差遣我紧急跑去街上买回来。如果父亲留给我们的伙食费告罄时，也去邻居家要。总有我拒绝执行他命令的时候，那一顿的某样菜，他就会拿筷子尖敲着盘子沿说，都怪小良不去买蒜苗，光配点蒜，煎炒豆腐哪有清香味嘛！

等他成家后，这份打下手的活儿改由他的妻子承担。那可不是单纯的跑个腿就能奏效的事，连豆瓣酱都得我嫂子来做，因为我哥哥认定只有自家做的当地风味十足的豆瓣酱才能和他的菜品相匹配。

这种自家做的当地风味更具体地划归的话，可以称为响河坝风味。它还包括另一种佐餐用的豆瓣酱，比做菜用的制作精细，轻辣，微甜，下饭刚刚好！

不只豆瓣酱，每年家里吃的豆腐乳、水豆豉、糯米辣椒渣、腌菜也都由我嫂子一人包办，按她的响河坝风味。

响河坝，首先是一条叫深沟的峡谷的出水口，慢坡下来，都是山洪冲泻下来积年有加的大小石头，每年夏秋，山区的冷雨急躁地击打在上面，再有裹石夹泥，连带树木花草，哗然而下的洪水，不响才怪！也算名副其实。就是不知道起这地名的人是响河坝的哪一代居民，毕竟它是湖广填四川的清初才在凉山有的一个小小的汉人聚落，追寻起来应该容易。

这些汉人来到这里，在出水口形成的冲积坡顶，那靠近山根的地方，栽上果树、围起菜园子，盖起房子，住了进去。在半山腰种玉米、高粱，在石头阵以下入水口的两侧——孙水河畔种水稻、小麦。从此往上是今天的喜德县城，当年叫甘相营；往下，是今天仍然叫冕宁县的地盘，孙水河在这里注入安宁河，再随着安宁河一起流进金沙江。

这个基本形成于清初的汉人聚落，在公社化时代是喜德县冕山公社下属的一个生产大队，之前叫村，之后也是。1949年前，行政区划和现属的冕山镇、喜德县都归冕宁县辖治。冕宁县保存在我年少时的认知里，直到我都老大不小了，我仍然以为它的居民几乎是清一色的汉族，也因此，我会想当然地把响河坝当成汉族村子。

它当然是。

　　冕宁县所辖地区并非如此，汉族之外，不仅有彝族，还有藏族。我的一个朋友就是冕宁藏族，她告诉我，她家来自阿里，西藏西部啊，时间上溯到唐朝，那个时候，西藏正当吐蕃时期。

　　她的祖先是迁来了冕宁，最有可能是随军征战留在了冕宁，我母亲祖上某一代却由大凉山深处迁到了大渡河的下游，雅安地区的汉源，那里与中上游的藏族聚居区近在咫尺。

　　至于我嫂子家，据她说是湖广填四川时来的凉山。我父亲家也是那个时期从湖南迁来的，去的是内江地区，还算是腹心成都平原的边缘，凉山就距离太远了点吧，张献忠的屠刀挨不到，还有别的屠刀吧？

　　当我听说我嫂子家也来自湖广一带，为的是填川而来时，惊讶之下，不免赞佩她的先辈跋涉来到山高水险的凉山之筚路蓝缕。

　　来到凉山后，她的先辈们就在今天的喜德县、冕宁县兜兜转转，到她外公那一代，才定居在了响河坝。

　　在那个年代，一个僻壤的农人——我嫂子的外公，竟然是开明的父亲，心疼外嫁的女儿在婆家活得艰难，不顾根深叶茂的风俗，连带外孙们都一起接回来，安顿在自己身边相看顾。

　　我嫂子在她外婆、母亲做的食品里品尝到的，又在她们的调教下掌握的食物的制作法，那一种响河坝的风味可不单调，是迁来迁去的人们综合了这里那里的食材、口味，包括他们填川前老家的，一代一代由自己的刁嘴巴，所谓的味蕾捕捉到的。食材呢，一般而言，有众人皆知的四川人最喜好的辣椒花椒，至于特别的，我不知道是否专词，反正有我们叫的木姜子、苏子，前者与肉相谐，后者为汤圆心子提神。

家兄就是苏子的拥趸。我嫂子多少次讲：如今少有人做汤圆心子了，就是做，也几乎没人用苏子了，可你家哥哥就是稀罕它，年年自己调汤圆心子，还都必须要苏子。

如果没有加苏子的汤圆心子，我哥哥他就不会吃汤圆，而他是多么喜爱汤圆的那一口糯那一口甜啊，早餐吃，夜宵也吃，朋友来家还陪着吃。

虽然嫌给我哥哥找苏子麻烦，我嫂子也不得不夸她的响河坝风味在我哥哥的手里变得更有吃头了，也因此她会甘当下手。在她品来，我哥哥从我父亲那里学做的部队伙食大锅烩，尽管食材不变，比较我父亲做的，也香得人呀，饭都要多吃两碗！

他们家盛行大锅炖时，他们刚有了第一个孩子，也刚从更山里的一个乡调到响河坝旁边的冕山镇，家兄在镇小学，我嫂子在镇卫生院。

之前，他们把婚房安顿在我嫂子的娘家。接受出嫁的女儿似乎成了我嫂子家的传统。

那年的暑假，我从北京出发，因为宝成线成昆线遭遇山洪，西安等夹江等，几乎耗去半个月才回到凉山家里。我带了一株半寸高的文竹给他们做结婚礼物，一路颠簸，那文竹居然安然无恙，送的人接受的人为此都很欣喜。

伴随着文竹茎叶的蔓延、蓬张，五年之间，两个新生命陆续降临，在乡卫生院那前后套间后面附一个小厨房的宿舍里，充满了孩子清脆哭也喜悦的各种声响、气味，一个家庭开始成长，也成了我和妹妹的另一个家。

雨后，站在窄窄的屋檐下，云烟如缕地就在眼前青绿的山腰冉冉而升，再而升，但即便脖子后仰得搁肩上了，也难以看见它们升到峰顶、融入天空中的景象。

某一次吧，或者仅有的那一次，我哥哥经过那里，他说，换个地方看就能看到顶。

我不一定非要看到山顶，我也没听他的话为了看到山顶换个地方。

我听见他在和从另一扇门出来的一位自称我应该叫她姐姐的妇女，也是我嫂子的同事，在商量去某家出席丧礼的事。他们说的是彝话，我当然听不懂，但内容我早在之前就已知晓。

不只我不懂彝话，我的那些父母都是彝族的玩伴，他们的彝话水平也很有限，几乎不会彝话的不在少数，他们的父母力求用汉话来和他们交流。这种方式就是我们小时候的时代风气，都以说汉话为当然。学校，不管区、公社，还是县上的，都没有彝语学校，哪怕彝语班。很多如我一样长大的彝族人，即便父母都是彝族的，在风气变化后，都会有一种尴尬：荒于本民族的语言，勉强张嘴能说的不过几句祝福语。

我后来去西藏工作，相熟的一对夫妻都是藏族，他们的孩子和我基本是一个年龄段的，20世纪60年代生人，藏话却说得挺磕巴，不免让我惊异，西藏基本可以说是单一的藏语环境啊，尤其那些年。告诉我说他们的父母在他们面前只讲汉话。也许这是个孤例，我也确实只知道此一例。

以我们家的情况，父亲汉族，继母虽仍为彝族，但她和我母亲一样，也是在彝汉杂居的地方长大的，汉话不输彝话，也可能和我父亲不间断的争吵对她的汉话表达更有提高！她只在家里来了彝族亲戚时才说彝话。当然，我也听过她在教室里、在田间地头讲课时用的是彝话。她很长时间都在党校做教员，学员大多数是来自最最基层的彝族干部，比如生产队的队长、妇女主任等。我继母没有教科书，也不见她备课，她能认识的汉字有限，彝文估计半个字母都不会，那不是给一般人用的，是祭师兼医者的专享。即便如此，我继母口若悬河，要不是太阳下山，肚皮饿了，都收不了尾。她那不是讲课，是在宣讲她能理解的当时的国际国内形势、领导讲话，也包括共产主义的道德、理想，不是背书，全凭发挥。

我继母只偶尔才会教我们几句彝话。但等社会风潮逆袭，她就很夸我哥哥了，因为这个时候我哥哥的彝话已经如流水般发乎自然了。

我哥哥在当乡村教师前并不会彝话，至多会几句骂人的话，左不过"傻瓜""笨蛋"这一类的。他如果分在彝汉学生比较平均的乡村小学也未必会说彝话，但他分到的乡村小学即便有一两个汉族孩子也都彝化了，所以他不得不学说彝话，间杂着汉话彝话来教他的学生，他的学生也间杂着学会了汉话汉文。某一次，他带回家来几个彝族学生，他们和我哥哥说彝话，和我说汉话，一个词甚至一个字地往外蹦，也可能害羞，不肯多说。

在我们家，在我的众多的表兄弟表姐妹里，包括我们这一代彝族身份的同袍里，我哥哥的彝话可以说是最娴熟、自然的。就是我的同学里，我哥哥的同学里，前后都算上，像他这样后天学得彝话还流畅的也少之又少。

初中时来我们班插班的梁小凤也是这少中之少的一位，算上她姐姐。

小凤来自的尼波区，和我哥哥所在的团结公社相同，也是一色的彝族。她的父母也是解放后分配来凉山工作的汉族干部。

一般来说，类似她父母的汉族干部多会因凉山深处自然气候、生活条件的苦寒，把孩子寄养在老家，但小凤和她姐姐看来是在父母身边，也即在偏远的彝族山区成长的，还学得一口流利的彝语，她姐姐更因此在我们县电影院——露天坝子，现场为电影《春苗》做过同声传译。随着她和他们同声传译的春苗姑娘一直深入到彝乡彝寨，赤脚医生也因之在凉山彝族地区遍地开花。

前些年回凉山同学聚会时，曾问过小凤她姐姐的去处，说在乐山工作，具体的单位我记不得了，但和彝语有一些关系。乐山市辖下的马边、峨边两个县是小凉山的一部分，都有世居彝族，峨边为彝族自治县，她的彝语也确能派上用场，而且是标准音。

我长于此的喜德县又特别是我生于彼的米市镇是全国彝语标准音所在地——标准到可以落脚在那条峡谷高处的寂寥山乡，作为喜德籍人士，很值得我欢呼！

这是大我在欢呼，小我也有值得欢呼的，不只欢呼，还有感慨，为我父亲种在镇政府院里的一棵我见到它时蓬张如云的核桃树，那已经是五十年后了。

栽树的人，我父亲也在现场，他比画说，挖来种在这里时，只有拇指这么粗！还说，我哥哥那时四五岁，每天给和自己一样高的核桃树浇水的都是他。"可是，你看，"我父亲自以为幽默地对自己那也已经做爷爷的儿子说，"你长不过它吧！"

我哥哥脸上不着任何颜色，这在他已经是有颜色了，与父亲长期龃龉后的表情，微抗拒，父亲却自有一套罔顾的本领，也是渐行渐远的老派为父者的境界，不改说话行事的专断方式，且随着年老尤甚。

我十七岁离家上大学前，父亲隆重地给过我一页纸，上面是他亲书的内江市乐至县永胜乡冯姓一族的字辈排序，五言一句，共八句："万紫映景秀，朝政兴良天；学永宗先德，光昌盛大联；文武勋成烈，相道继能贤；太清为有化，琼林宴兆元。"至今已传二十二代。

我们这一代是联字辈，按他的意思，我不如在名字里加上"联"字，趁上大学前。他名大舜，号历山，当兵后，嫌"歷"繁写费劲，所属指导员做主将"歷"改为"林"，申言山上长林，理所当然。此事我父亲一直耿耿于怀，积年尤甚，社会风潮回流，尘封于他心底的旧规矩套个我少年时期最常用的词"复辟"了。他确也有所得，他的四个孙子延续了字辈里的"文"，大重孙延续了字辈里的"武"。

最近几年，我父亲忘了他曾经给过我他亲笔抄录的字辈，也忘了他更当然地给过我哥哥和弟弟，听我弟弟说反复多次。前年，我回家看望他，他当着我的面又给了我嫂子一次，叮嘱她千万保存好。我都没要求，他手一摆，竟然说，你们女儿家不需要！

他还会更多地讲到乡俗对没有男孩人家的嘲笑，比喻为牛没有尾巴。童年相随祖父做客人家和祭祖时的在场感，那一份骄傲也是他常提及的。借养在我家半辈子的二姑对他的担待显而易见。

在谈及他从军来到凉山并留在凉山时，他称自己将冯姓从乐至永胜传至凉山，就像当年他的祖辈将冯姓这一支由湖南带到了四川。说我哥哥就是他在凉山的一脉子息，另一脉是我弟弟。

他在说这话时，我哥哥已经当了爷爷。我哥哥当爹当爷爷都比同龄的朋友早，当爹早四五年，当爷爷得早七八年，或者更多。而那时我弟弟还在上大学吧，他比哥哥小十八岁。

我父亲当时所说的一脉子息特别指的是我哥哥。至于凉山，算得上是内地的边疆，我父亲称自己就像古代戍边的兵丁，回首、举目真的是云横群山家何在啊！

怀有我父亲这种乡关情的人在我的成长年代不在少数，甚至于我还听我中学的老师说过自己是充军来的凉山，又有说某个冬天看着随妻子来探亲的小儿女被凉山的山风吹皲裂了脸皮，心疼之下发声慨叹，啥时候才能离开这个山旮旯哦！

离开的时间说来就来，改革开放之初，落实知识分子政策，当真走了不少人。我高考那一年，1980年，我们县中学升学率列榜凉山州（与西昌地区合并之前）的第一名，但还不等我大学毕业，曾经教过我的那些六七十年代从四川大学、四川师范学院、西南师大按国家计划分来凉山的老师已经调离得差不多了。不只教师，医生、行政人员等能回籍贯所在地的也走了不少，还携家带口。单位如以工作需要拦阻的，就豁出去地闹，竟有背负老母在教育局唱苦情戏的，可知非离开凉山这个山旮旯不可了。

这些调离和1980年施行的政策相关，涉及面是全国的民族地区。当时认为民族干部已经成长起来了，陆续来帮助建设的汉族或其他民族的干部可以打道回老家了。这些人巴不得一走似的，以西藏为甚，走得太狠，短时期内有些医院都没有做手术的大夫了。西藏的这类调动叫"内调"，调回内地的简称，一说就明白；凉山的叫"下山"，得加注解。

我不认为我父亲也有回他老家的打算，毕竟他的第二任妻子也是彝族，虽然不是喜德本地人。也正因为不是当地人，她的想法和我父亲这样或当兵或调干或学校分配来当医生当教师做行政工作的人一样，喜德只是他们工作的地方。比之她的老家，临近乐山的雷波县，按她所赞那土肥水好茶果丰饶的地方，喜德不过尔尔，又尤其她的童年于她母亲去世前是在土司衙门的后花园度过的，她对老家的美好情感几成永恒。

保持着这种外来人的姿态，他们一开始就在自己和当地人之间划了条界线，这也成了我父亲反对我哥哥婚事的一个理由，我哥哥竟然要娶当地某户人家的女儿做老婆。

哪能拦得住，我哥哥他们可以把新房暂时性地安在妻子的娘家，也难得我嫂子的母亲接纳他们，一如当年她的父母接纳她。

当地汉人的如此做派比之我相处过的北方汉人，根本是置"嫁出去的女儿泼出去的水"之规矩于不屑，全凭母性调遣。我知道的北方故事连大年三十都不能让嫁出去却有难的女儿归家，更别提有给准备婚房的妄想了，哪怕临时的。

何以如此，或者我老家的汉人没有我相处过的北方汉人资格老道？未必，我嫂子之前告诉我她母亲家走的是湖广填四川那一路，为写这篇文章，电话里请她核实，她在因为新冠疫情禁足的春天竟然如常去看望她大舅，经问询后，向我更正说，她娘家是三百近四百年前的清初，从南京来凉山的移民，她大舅的原话是皇帝派来的，且有家谱为证。再往前，说是从河南南迁而至南京，也不知道是明朝的遗民，还是北宋末年和李清照一起南渡的汉人。如果是后者的话，何其纯正的血统啊！

电话里问我嫂子，她母亲家到底什么时候去的南京嘛？她把她大舅的电话号码给了我，让我自己问。

她从响河坝村她大舅家出来，又到相隔三四里地外的冕山街上去看望她伯伯。她在那里翻看了她家的家谱，电话我说，那上面记载，她父亲家也来自南京，和她母亲家一样。

她说得轻描淡写，全然忘记了她告诉过我的湖南版本。

她的这个湖南版本我还和父亲叨叨过，根根上毕竟都是湖南老乡嘛，我说，还分啥当地人外地人的。

追想起来，也已经是三十年前的事了，那时我父亲还因为我哥哥的婚事带点不忿。过后，没多久，大概大侄儿六七岁时，我父亲再聊起这事后续的效应时，他的态度有了明显的变化，觉得当个当地人也不错，虽然亲情旧谊的各种应酬麻烦，那也抵不上互相有照拂、接济，随便弯到谁家的园子里都能摘几个枇杷樱桃吃，掐菜薹、豌豆尖、小葱也都没问题；娃儿们也好耍，亲戚多嘛！然后，他说，活得多闹热啊。还具体告诉我，他在我哥哥家做客的那几天有几拨喊我哥哥姐夫、姑爷、姨爹的男女来访，甚至于还拽上他一块儿去某家赶了场婚礼，在那里人人争相照顾他，让他很有老爷子的面子。

我们兄妹四个对他家乡，应该说我们老家的无视、无感他也慢慢接受了，看我写的那数篇有关凉山、喜德和彝人、汉人的散文，他问我——其实答案自知——人家问你的老家在哪里，你肯定想不起乐至来，只会说在凉山喜德吧！

当然，我回答，您不是也只会说乐至，而不是您祖辈来自湖南某地啊！

是啊，他带点惆怅说，我记得的都是乐至永胜乡的故事，你们记得的都是喜德的故事。还有看你哥哥，和喜德对接得简直天衣无缝！

我父亲有所奇怪的是，连我母亲一方的各路彝族亲戚也和我哥哥有了勾连。之前，我母亲家与我们频繁往还的都是她在那里长大的叔叔家的子女及孙子女，我母亲是独生女。我父亲说，和我哥哥搭上关系的我母亲家那些近的远的亲戚，其中有些人，恐怕我母亲都不认得，如果她还在世的话。

比如说我前面提到的某个夏天的早上，我在雨后的屋檐下望云时，我哥哥正与之商量参加某个葬礼的女邻居，她也是我母亲的一个可能仅仅是相同家支的亲戚。

至于是亲到哪个程度的亲戚，通过攀亲一般都能知道，也不一定细追究，知道互为亲戚就足够共同出席相关彼此的仪式了。那一次，说来已是20世纪80年代末了，前面我已经交代了，家兄他们商量着要去参加的是某位共同的亲戚的葬礼。

在凉山的彝族社会，民间丧葬上致哀者按习俗以枪声来送别德高望重的故人，当时尚未绝对禁止，总能找到枪，通过基层武装部、派出所的朋友、亲戚，子弹来自类似民兵训练省下的，执行任务扣下的，未必都是能拿到桌面上来说的途径。那个时候的人商品意识还没被灌在脑海里，靠的全是人情。

家兄那一次领队去送别的大概是某位和我母亲家有牵连的长者。

那位长者牵连到的人自然也包括那位自称我表姐的女邻居，以及其他几位一起去的男女。他们和那位逝者不是同一个家族的，就是姻亲，也未必是当世的，都可能不是上一代而是上几代的亲戚关系，这一代一代的，都在心里印刻着彼此错综复杂的关系。这即是谱系，网结一样地密匝。

他们商定后，在某一天先火车再步行前往为那位逝去的老人举行葬礼的地方。

这一行十来位迤逦在山路上时，前后相望的也是一队一队奔丧的人。近到举办丧礼的地方，大家会整饬服装，妇女会取出随身携带的盛装，百褶裙，绣花的上衣、马甲、帽子，银饰，最起码得换上一件绣花上衣，男子的标配是山羊毛织的披风，彝话叫"擦尔瓦"，一般都搭在肩头，斜在身体的左边右边，尺长的穗子晃悠在小腿处，行走无碍。

近到现场，各队来宾中的持枪者，各一位，冲天打响送别的枪声，那枪响，瞬间密集，迅即疏落，没有那么多子弹来供他们各位扣动扳机，却已尖锐地穿云裂空，惊动鸟儿兽儿飞啊跑的。

人们呢，安之若素，轻缓地行走、动作、说话，即便女人的哭诉——倾吐的是逝者一生的荣耀和骄傲，眼睛所向，是松林的空地上那正与熊熊烈火一起消散的肉体。

而亡者的灵魂会在葬场留下一个分身，另一个分身会飘去彝人的故乡昭通，再一个分身，会驻守在家园的上空。这便是传统说法里人逝去后灵魂共有的三个分身。

上述葬礼文字有所不逮，幸有程丛林有关彝族葬礼的画作撼动人心。

四川画家里以彝族为题材的不在少数，我相识，还互相引以为朋友的只有一位：程丛林。不用我多嘴，其重量级定论已然。1991年，我们还在西藏工作，他来拉萨，刚完成《送葬的人们》，告诉说有十米长，人物都真人大小。等到2012年在中国美术馆见到原作时，尽管有基本信息垫底，仍然被环绕了几乎整个展厅的画作惊住了，体量是一方面，最主要的是作品的表现力，那份优美，倾诉的是彝人万事隐忍的沉静。

丧礼的最后，丧主家杀来招待宾客的牛，牛头会专门留给放最后一枪的那一位来宾，礼仪隆重。那最后一枪，相当于压哨声。谁把别人的子弹消耗掉，挺到最后，谁赢。那一次，牛头归家兄。他不会带回去，当场分而食之，带回去的只是名誉。

在凉山，20世纪末21世纪初，你总会听见很多这样的故事，带着炫耀，还互相较劲。寡言如家兄，也会放大声加入热烈的争论，强调自己某一回如何用有限的五颗子弹打熬着、算计着、虚张声势着，简直孙子兵法的诈术都用上了，出奇制胜，总算把显然子弹最多、十颗都不止的那一位彻底比下去，打响了最后的一发子弹。之前，他们联手耗掉了其他几位的子弹。又哪一回哪一回……其过程充满了惊险和戏剧性，包括借枪一用也特具偶然性，无论手枪，还是步枪。那种场合上，看对象，主要用彝话，间插着，也喊汉话，给够力度。

这些时候的家兄是快乐、幸福的吧！

那一天，我嫂子在电话里回答完我的问询，有关她父母家所来何处、何时到的凉山，说完我们通话关联的正事后，不像以前，看季节，会安顿我说：回来嘛，樱桃熟了、杜鹃花开满山了、该捡菌子了、火把节到了；现在她安顿我的是：回来看你的哥哥！此话她挂在嘴边，一字不减一字不增已经两个年头了。

我嫂子说的"看"，其实指的是祭奠。

家兄因病逝于2018年11月11日，时年六十岁，人世一个甲子。

他的葬礼，家人还是决定按汉族的风俗办。考虑到我们的母亲，给他准备了一套彝族的披风披毡。

家兄葬在水拐子湾湾向阳的山坡上，面朝喜德县最大的坝子，孙水河在这一段冲积出的宽阔河谷。

喜德县

现在走在喜德县的街上已经很难看到全木头的房子了。那些房子，带楼不带楼的都一样，是用水泥和砖砌起来的。

我这样说，只是在怀旧。要是我仍然生活在喜德县，我一定也搬到一个水泥房子里去住的，世事如此嘛。而且一点都不会有遗憾的心情，水、电、卫生间皆而有之，多舒服啊！再说木头房子反正我小时候是住过的，是一个邓姓财主留下来的老宅子。现在讲出来肯定会让很多富有怀旧情结的人眼红。

我家住的那个宅子……哦，先要澄清一下不是只有我们一家住的，我父亲的单位，还有一部分职工都包罗在其中。这个宅子在县城当时的闹市区。门口有一条丁字形的街道，竖的那一条顺着一个山坡通向政府机关，横的那一条垂直去往市场。邮局呀新华书店等都挨在近旁。它们的外墙是用土夯成的，就像我们后院那两排相向而立的土房子。据说那两排房子是邓家的下人住的。

我父亲的单位叫向荣区，间乎县府和公社之间的政府机构。好像当时只在我们那样的民族地区才多出这么一个级别来。后来撤销了，"向荣"这个名字也没有了，以它包含的意味来说，也算是极"左"时代的产物吧。或者它之被取消，并不在于此，主要是我们那里没有区这个级别了，和全国一样，公社直接变成了镇。

它也没完全消失，像别的区级机构那样降级了，变成了城关镇人民政府的办公点。

前些年我去喜德县看我哥哥，连它也没有自己的木头建筑了。

小时候我家住在当街的一间里，地板墙板都是用三十多厘米宽二十厘米厚的木板拼就的。饶出来的厨房里还有一架没有护栏的楼梯可以上到屋顶低低的楼上去。那上面尽是交错的横梁和椽子。我哥哥住在上面，也用来放一应杂物。

回想起来，我和我妹妹在里面住的时间比较我的其他家人都更长。我父亲是个基层干部，老得往乡下跑，宣传党的各项政策，帮助汉彝农民把握阶级斗争新动向，进行社会主义教育都是他和他的同志们的工作。我哥哥十五岁时也离家到州府的所在地昭觉上师范去了。继母呢，住在离县城二十来公里的党校难得回来。所以，我家那只有三十来平方米的地盘（加上楼上有五十平方米？），在我的记忆里足够大。

我们在那里住了八年，在我七岁到十五岁时。

之所以觉得大，以我那小人儿的身体来感受是一个原因；另一个原因，在于我家的两个窗户朝着的是这座宅子的后花园。那里面各有一棵杏树、梨树和李子树。很方便，搭上一条矮凳子，一蹁腿就能翻进去，不又是一个空间吗？但也说不上有多空，因为大多数时间，里面都乱堆着单位食堂要用的柴火。横七竖八的柴火缝里，在夏天雨后常能钻出一些开着紫花的兰草来。偶尔我会摘回家，插在一个瓷盅或玻璃瓶里。

摘花没有大人来干涉你，摘果子就有了。主要是别家的孩子告的状，原因简单呀，他们没有一家有窗户朝着后花园的。于是就眼气就嘴馋得使坏呗。也好说，有时候我们化干戈为玉帛，比如他们来求我，或者哪一天我心情好，允许他们翻我家的窗户也去摘杏子李子梨。

大家就这样好一阵坏一阵地玩着，但是有一次他们生的气维持了很长一段时间，差不多把我孤立起来了。原因是他们听我班上那些多嘴的丫头说，我居然在班上宣称那后花园是我家的。他们可真气得嗷嗷叫，连大人也跟着起哄。

我父亲有一次就郑重其事地和我谈了一次话，说都解放了，没有谁有私有财产的，连我们的生命都是国家的。环顾一下我家的四壁，又说私有财产那是旧社会的事，比如这房子吧，旧社会是私人的，怎么样了呢，一解放，人民一翻身，还不就是人民的了？而以前这房子的主人，那个姓邓的地主，早已不知去向。让我别把公家的房子号在自己名下，吓唬我，再不敢出去乱说，再说，他就把窗户堵掉。

大道理小道理对我未必起作用，堵窗户的威胁却把我吓住了。我父亲的脾气我知道，外面和气得像面团，回到家凶呢。因为怕他真堵，我在做作业时总抱怨这地主家的房子呀，窗户开得可真小，光线暗得人都没法做作业。

这邓姓地主的宅子光线暗确是个问题。喜德县老住户的房子没一家不如此。等我长大起来，我才知道，各家各户的窗户所以开得小，还高，是为了防土匪。土匪嘛，本事都高强得很，只要留点空隙给他，乘着月黑风高的夜晚，还不冲进钻进你家来烧杀掠抢？

1949年以前，也就是新中国成立前，有关土匪的故事不要说在我们那样冬暖夏凉又有野兽野果子的山区，就是在西北的秃山岭上也多得很。这样说来我们那里是不是更多呢？我看是。以我的理解，我们那样的山里，在不抢的时候，气候啊物产呀，也够那些土匪维持的。再去抢，就一个土匪而言，日子又好过一分，更别提偶然还能抢来一个压寨夫人了。或者他们并不在山里头乱窜，平常时光没事都在家里闲坐，孝敬父母，逗弄儿女，下地种田，上山放羊。突然听闻来了商队，才从某处妥当的地方取出枪来，跟上头儿，抢去。我小时候就有小友咬着耳朵告诉过某某的爷爷曾经是个土匪，还说当年谁家的娃儿一哭，大人就拿他爷爷的名字来吓唬那娃儿，像我们知道的那般：再哭，红胡子来了！娃儿就不敢哭了。可是待我某一天专门去同学家打望他爷爷，看见的却是一个弯腰驼背的老人家，一点都没看出来他有多匪气威猛、邪性。回来说给咬我耳朵的同学听，她说，那是他老了。

曾经的匪患导致的防范风习流传下来，就是前文说的彝汉人家的窗子都开得小而高。当然比起旧社会，已大有扩展。但我小时候去农村同学家串门，仍然会在她家解放后新建的房子里被桌腿椅子绊得跌跌撞撞。

快要解放时，不知道哪里发明了玻璃做的瓦片，有钱的人家就买几片来安在屋顶上，叫亮瓦。我家住的屋顶上就有三片。不过等我们住进去时已经不亮了，那么长的年头，风尘雨土，又不清扫，有多少积垢啊！

老宅子还有的一个问题是，老鼠太多，哪儿哪儿都乱跑着。最多的是在木地板下。大概为隔潮，地板与地面之间还留了点距离，这就为老鼠制造了活动空间。通常是人在上面走，老鼠在下面跑，还打闹，成天吱啊叽的，瘆人。我们小时候又没有迪士尼拍的米老鼠可以养成审美情趣，听见看见的都是地沟老鼠可厌可憎的一面，不免十二分地羡慕那些住上新土房的同伴。

何况这家主人虽然姓邓，却不是我们喜德县现代史上鼎鼎有名的土军阀邓秀廷。

邓秀廷的宅子在县城的最顶端，顺着我们门前的坡道就能抵达。不过那是在旧社会。在我有记忆后，也就是20世纪70年代，我们县城最顶端的建筑是大礼堂。那里面平时放电影演戏，关键时候县委县政府在里面开大会。比较起来，邓秀廷的宅子反而靠下了。

邓秀廷的宅子县里先是用来做招待所，后来又做了县府的办公点。以此，也足见它的大。我记得进到其中，先得上一道二十多级的台阶，穿过门厅，是一个天井。那倒不大，近百平方米，但绕了圈两层楼的房子，上下的房间多而阔。宽而倾斜的屋檐探在天井里，下雨天，哗哗的雨水都倾倒进挖在四周的水沟里了。这宅子也是全木结构，走上去，木板吱哇哇地叫。后花园没保留下来，被辟成一条可以跑汽车的道路了。好像两旁还有些辅助建筑，我小时候的一个玩伴仲楠家就住在那里。

如果拿它来和我家住过的老宅子做个比较，它可能大出三倍去。或者可以说我家住过的老宅子只是它的缩小版。由此可知，我家那老宅子的主人只是邓秀廷的一个本家。邓秀廷据说孤儿出身，年少时靠打柴为生，这样一个穷孩子想来各位本家躲之唯恐不及吧。结果也是风水轮流转，有一天发迹起来，连住的房子也有人模仿了。

像我住过的那样的老房子，在我小时候的喜德县还有不少呢！

我记得喜德县另一处比较显赫的老房子是我曾在那里读过书的小学校。不过只有迎街的门脸和十几级台阶尚存。据说那是旧社会的九皇宫。

我父亲退休后，曾参加过县志组织、编写的一些工作，其中的卫生等部分就出自他的笔端。那一年我回去探亲，走在县城的街上，他给我指点说，这里那里，旧社会时各有一个供奉孔子的文庙和供奉关羽的武庙。又说那文庙在当时的凉山堪称大而巨。不免让我对自己住过十几年的家乡顿生刮目相看的感慨。我懂事后，见到的是商业局和文化馆不断翻新的房屋。所谓的文庙武庙20世纪50年代起就消失了。挖刨记忆深处，我小时候肯定见过它们被拆后残存的几间土房子，或者三两堵泥石驳乱的墙。现在有关它们的记忆只保留在那本印制简陋的十六开本《喜德县志》里了。

具体到文庙，县志里说它建于清道光年间，分魁楼和殿堂两部分。其中，魁楼高三十米，分三层，一楼是戏台，二楼是讲学论文之地，三楼塑有文武魁星像。再说殿堂，前后五开间，东西还有供所谓士子讲学的配殿，前庭后院，除了枣树，还植得有一丛一丛的牡丹、万年青。又说什么檐起三叠，琉璃覆顶，雕梁画栋，满目壁画，更有风振铃动，声闻全城，好一派恢宏的景象！而我在这些描述性的文字面前，激动之余，也只有一句"往事知多少"，打发现存的光景了。

这是一种心情，还有的一种是，原来我的老家这样地有文化啊！

喜德县未必是我的老家，我的老家以父系一方来算，该是内江地区的乐至县；以母系一方来算，该是雅安地区的汉源县。两个地方都不必，因为它们对我而言，只有存在的概念，哪里有我生长的喜德县具体而感性，喜德县可以不是我父母的老家，但它是我的老家。所以再说一遍，真没想到，我的老家原来那么有文化。就是说，除了配枪的人以外，还有的是乡绅耆老和读书的士子。这是我小时候绝不知道的事实。难道真的是历史无情、人无情，不过三十年，这些缤纷过往就成云烟散去了？或者仍有几位酸腐活在世间吧，像我小友的爷爷，那个传说中的土匪。那样的人如果还活着，又在哪里呢？起码我的老师里没有。

我的老师，小学中学的都算上，几乎没一位是当地人。他们多来自成都平原，他们之出现在喜德，用充军做比喻，于他们于当地人的理解都贴切。不然的话，他们不会在政策变化的1978年后如惊鸟般地一哄而散的。

自他们离去后，我们那个曾经在全州高考中榜列第一的中学每况愈下，某一年竟给剃了光头。这大概也是让我感到家乡无文化的原因吧。

另外，也是最关键的，以正统的历史观来分类的话，我家那在云贵高原深处的县只是化外之地，它和文字史的瓜葛在古时候是由连接今天昆明和成都的所谓西南丝绸大道联系起来的。说是大道，在我们那里却是蜿蜒在山中的羊肠小路。和这条小路最先发生关系的一个历史名人是西汉时的司马相如，再一个就是三国时足智多谋的诸葛孔明了。汉文史书里，他和一个名为孟获的彝人打过仗，当然是连空城都可以做成计谋的孔明大人"胜而又胜"了。我小时候听说的故事还有他死在我们这里也埋在这里。除了这二位，真没听说过有谁了。

至于谁是这片土地的老大呢，谁管着这片土地呢，20世纪50年代前，每一个拿着枪的人都敢回答："我。"真所谓天高皇帝远，老子怕哪个！

虽然有此一说，或者口服心不服，但在1950年以前，差不多三十年的时间里，在这片土地上最敢说"我"的，是前文提到的邓秀廷。

他之所以敢于如此发言，在于他手中的枪比别人多，汉人彝人都算上，火力也猛。除此而外，他大字不识，文盲一个，乱世枭雄而已。但他在我们地方上确实大大地有名。或者正是他以一介武夫的名声掩盖了我们那里的书卷气息？可能。

其实，1953年以前，我老家那地方还不是县，也不叫喜德，叫甘相营。

以甘相营这样的称谓考究，早年间，我们那个地方只可能是一个驻兵的地方。那些兵大概是为了保护经过我们那里的驿道，即连接所谓的西南丝绸大道的孔明鸟道。在有皇朝的时候，不用说那些兵都是官家的卫士，比如我们爱说的明军、清兵。到了民国年间，官军应该是国民政府的兵丁，但那是个混乱的年代，大大小小的地方军棍粉墨登场，都不等别的军棍腾出空来，就挤进去一起喧闹，根本不理睬蒋家王朝。蒋家王朝呢，连触角都很难直接通达我们那偏远的地方，即便派兵也无济于事，于是，只好倚重当地的豪强来代表中央了。

在我们那里，豪强是邓秀廷。他是怎么发迹的呢？先还得靠护路。那条贯穿云南和四川的西南丝绸之路，在民国年间不用说已经拓宽了不少，但还不能跑汽车，还是在山间委蛇蜿蜒。那时候的山上，有的是两人三人都不能合抱的大松树大柏树，至于竞秀于其间的林木花草谁知道有多少。它们遮天蔽日、密不透风，再加上那些随处都有的遮挡视线的石头，藏上几个劫人财物的强盗有什么稀罕。

这些强盗要路过的商旅和一般的旅行者留下买路钱，其行径就和我们听说或读过的绿林大盗差不多。比如《水浒》里的李鬼，抢着两把板斧就从树林中杀将出来了。

到民国那会儿，板斧这样的冷兵器快被淘汰了，多的是汉阳造的步枪，或者一把驳壳枪。如此冷冰冰又发灰发蓝的枪被满脸黢黑（有的可能为掩人耳目专门抹了锅烟煤）的汉子舞在艳阳高照的当空，还前不见村后不见庄，好一个天地茫茫，就我一个异乡客，父母呀妻儿呀，我的祖宗十八代呀，就此别过，我就做了这荒山野地的鬼了。哎，悔不该抛妻别子来做男儿发财的黄粱梦啊！

当然这些行商者并不是每一个都必死的，只要你乖乖地交出掖在腰间的金银翡翠珍珠，担在肩上的绫罗绸缎，你依然可以走自己的阳关大道。但是你不从，或者心存侥幸，那么看招，轻者枪托，重者一粒铁花生米就射中了你的心脏——看老子们的枪法有多准！

为财物计为性命计为父母大人和妻儿计，行走在西南官道上的行旅们都愿意把钱掏给额头上贴着护路标签的武装人员。这些武装人员是地方上势力最强的军阀的队伍，军棍轮不上，不够资格。比如我们那里，军阀就是邓秀廷。

随着过路费尽落腰包，邓秀廷在地方上越坐越大。一个男人的虚荣心肯定也得到极大的满足，比如钱有了娇妻有了，宅子当然也有了。区别于其他人，老子的宅子要建得最大，要建到甘相营最高的地方，考虑到安全的因素，还要最牢固——谁知道有多少心有豪情的男子在盯着老子的地位财富呢！

不管怎么说，在邓秀廷豪强霸道的同时，甘相营也在渐次扩大。总有一些小民要来依附一个大人物。他们把自己的房子盖在邓秀廷家的下面，一层又一层，在四十多年的时间里，连着的几座小山都给覆盖了。

我小时候，当地附庸风雅的人士总喜欢把我们的县城吹嘘为小山城，和重庆这样的大山城竟有一比。其形势又有点扇面的样子，风雅的人士又用扇城来自喻我们的县城。1970年成昆铁路贯通后，路过我们县城的那一段沿着山脚而去，好像为我们的县城镶了道边，于是，无论如何都是扇城了。

实际上，只是成昆铁路贯通后，才有一条连接南北的道路经过我们那里。在邓秀廷时代，和他之前，喜德县城，当时叫甘相营，都在道路，也就是前文的西南丝绸大道之外。在那条道路上，著名的驿站有登相营、九盘营、深沟、冕山、新桥等。其中的登相营、九盘营因为被成昆铁路抛在一边，往昔的繁荣不再，

前些年我听说住户外迁的不在少数。那些居民做惯了往来客商的生意，客商一寥落，又没有地可种——石头多于土——还打熬了四五十年，其志可嘉。

后来却听说前去昆明的高铁可能通过的地方又把登相营、九盘营收纳在道上了。甘相营，我成长于斯的喜德县城却命运翻覆，再次被传统的西南丝绸大道挡出几十公里以远。说话的当地人免不了叹息，县城的发展要受困啰！

而民国年间，即使不在西南丝绸大道上，甘相营还是发展起来了。或者它的地方到底要比登相营、九盘营、冕山大？但和邓秀廷的关系确实至关重要。试想当年邓秀廷将他的巢穴放在冕山呢，或者不远的泸沽？

泸沽，那地方可比我们县城大多了，有三个大还不止。它正好在凉山著名的安宁河畔，田畴平坦，物产丰饶，人烟自古以来也要稠密得多，灰瓦片屋顶土墙木板墙的房子鳞次栉比，青石板的街巷曲里拐弯，多多少少，短短长长，在我们小孩儿那里，哪能数清。更有铺排在道路边的小摊微店，由身穿青布对襟或斜襟衣服、干干净净的男人或女人打理，卖的呢，不是浇红糖的冰粉，就是海椒鲜艳的凉面凉粉，至于麻糖呀糖裹黄豆呀爆蚕豆呀，还有酸角枇杷拐枣，应有尽有。我小时候某一天听说要下泸沽赶场，夜里连觉都睡不着。不过，那里民间有点瞧我们不起，大概比较他们，我们住在山上，更蛮一点吧。小时候和那里来的小友吵嘴，偶然急了，忒他们，未必你们比成都厉害？他们会乖乖闭嘴的。如果拿现在称作卫星城的西昌来比，他们肯定把脖子一梗，不服输地道：比！意思是说他们比当时是宁属驻地现在是凉山州州府的西昌还强，岂有此理！

事实是邓秀廷哪里都没去，他把巢穴就建在自己的老家。

就是当时叫甘相营、现在叫喜德的地方。我这个说法只说明了一方面的情况，另一方面是甘相营在中华人民共和国成立前还有一个彝族名字，叫"喜夺拉达"，喜德就是从它的汉语译音而来的。

1953年2月25日喜德县成立时，人民政府不用甘相营而用彝族对当地的称呼来为这个新建的县命名，显示了新生的政权对历史和对世代生活在当地的彝族人的尊重。

就是说，在喜德建县前，汉族人把这里叫作甘相营；彝族人呢，则叫"喜夺拉达"。至于哪一个更古老，当然是"喜夺拉达"。不过古老是古老，至中华人民共和国成立前夕，彝族人却少有在这里住了。他们住在哪里呢？住在距离"喜夺拉达"十几二十公里甚至更远一些的山上。相对于那些山而言，因为安宁河的支流，水流湍急的孙水河流过，"喜夺拉达"也有良田可供耕种。

"喜夺拉达"的汉文意思是制造弓箭的地方。

难道当年这里的彝人就是用自己打造的弓箭来抵抗蜀国丞相诸葛亮的？

历史证明，他们没打赢。

诸葛亮这个神化人物，大概除了自己能打败自己外，无人是他的对手吧？

为了扩大蜀国的地盘，向北向东，愁白他那颗聪明的脑袋顶上的头发，他都无计可施，那两边各有和他旗鼓相当或比他强的司马懿、孙权也等着吞并他呢。向南，虽然山高林密，骑士们打起架来，劈和挑的动作可能做得不那么规范，马儿掉头也不那么利索，适合于施放冷箭和设绊马索，不过，呼啸来去的都是些乏善组织的土著，勇与谋都归个人，诸葛丞相稍加推敲，搞点夜袭呀诈降呀利诱呀，再一会儿鸣金一会儿击鼓，铁盔铁甲的士兵们随着那锣和鼓声如潮水般起落，还没开战呢，先把群龙无首的土著惊呆了。于是寨子被焚烧了，家是待不住了，女人们牵着小孩提着百褶裙的裙摆跑得神情大乱，一直跑向深山，才最后安顿下来。

那些他们住过的平坝子呢？诸葛丞相自有巧安排。据说，他的队伍里跟着一家又一家的蜀国农民，那些农民大概也是不想离开家乡的人，但有什么办法呢，丞相发令，只好泣别高堂祖宗，在丞相的指引下当了移民。

　　我老家的汉族成婚后，男女都有在头上缠白布条的习俗。那布条长数米，宽一尺，先裹住头顶，对折后齐额开缠，一圈一圈，直缠出去六七寸宽，像个盘子似的扣在头上，很烦琐。我小时候，常常在街面上，或某家洞开的门里，看那男女极其耐心地在那里缠白布条。现在风气不是减少了，可能已然古迹了吧，三四十年的时光！

　　所以有此风俗，据说由为诸葛丞相吊孝而来。

　　又据说，诸葛亮死在南征云南的途中，而这个途中正好在我们凉山。我就老听大人们讲，诸葛亮的坟在我们县的贺波罗乡就有一个。

　　为什么说"一个"呢，是因为诸葛亮狡猾得很，也是怕当地他得罪太多的土著挖他的坟，便虚张声势，这里堆座坟，那里竖块碑，搞到最后，到底哪里是自己皮囊的安身之处，恐怕连诸葛丞相的魂也糊涂了吧，要不，自三国以来都一千多年了，他那么英明伟大，怎么没听说他借尸还魂呢！彝族人虽然恨他，也不敢轻易碰他的坟，甚至不敢经过那里。说是他在坟里安了暗箭，还涂有剧毒，一不小心，小命就丢了。只能隔老远，扔块石头过去。这么上千年的石头战，那地方都变成石头山了吧？总之，从那时以来，喜德便住上了汉族人。

慢慢地，还有其他民族也住了进来，比如回族、蒙古族。回族多些，不过不在县城里，在古驿道上的冕山站。

等到"喜夺拉达"住上汉族后，它就改叫甘相营了。

汉族人住进来，习惯也带了进来，比如设县建区筑墙起门。从小到大，我连城墙上的一块砖或者石头都没见过，但我们成天挂在嘴上的地名、位置不是东门外就是西门里，可见城池俨然。《喜德县志》说甘相营是在清道光年间建的城。我父亲1956年第一次来喜德时见过城墙，只是稀稀落落，不成气候，有些竟然是用乱石堆砌的，还不如登相营，怎么说还有几个垛子吧。如此"气派"的城墙，拿东门西门来有什么用，又能防住谁呢！

前年我编过一本凉山名流写的回忆录，里面提到国民党时期凉山的民族矛盾时，有文字说，当时的冕宁县城，城门上经常挂着彝族人的首级。《水浒》等涉及造反的书籍里，挂首级的地方也都在城门上。

而我们那里挂首级的地方却是一棵核桃树和一棵皂角树。

皂角树我还依稀记得，悬在一道坡壁上，枝叶如篷。在它下面有涌流而出的泉水，四季都有洗衣淘米的妇人。

小时候我常纳闷，不知道当年打那首级上是否有陈血腐肉掉下来击中某位妇人的头，或者扰乱一潭清波。一想，自己先打几个寒战，吓死了！皂角倒常掉下来，洗衣的妇人就便砸碎了拿来搓洗衣物。

核桃树不说也罢，因为它就在我家后来住过的那排平房的西头。

以此来看的话，喜德在叫甘相营的时候虽然有墙有门，但起的作用并不大，连挂首级都不成，大概不够高，起不了吓唬活人的作用吧，还不如一棵核桃树、一棵皂角树！

甘相营的城墙城门不怎么样，那些老宅子的院墙却了得。从来没听说过有人攻破过邓秀廷家的院墙。只是有记载说他曾被自己的一个彝族亲兵在自家的宅子里射过一枪。

这一枪射偏了。亲兵知道邓秀廷的残暴，旋即，掉转枪口，对准了自己。

如此惨烈的案例，在旧时的凉山比比皆是，所谓乱世乱象啊！

为求自保，也为人生顺当，大家互相结拜，互认干亲。

所谓互认干亲，是将自己的儿子或者女儿拜寄给对方，认对方做干爹干妈，以后有个好歹，好相互照应。干亲相认，不只是一个两个人的事，认开了，像常说的藤上的瓜，能串出去无数。当然你也可以没有儿女来让你拜寄，但你却可以受人拜寄，前提是你得声名远播，就是说有钱有势呗。在甘相营时代还得有兵有枪。这样的话，远人依矣。

比如邓秀廷，他大概应了"英雄无后"的说法，一辈子只有一个女儿，儿子呢，是从本家抱养的。所以，他给自家孩子拜寄的干爹干娘倒不多，或者他也看不上，倒是那别的人，越在他发迹后越把自己的子女拜寄给他，子女的子女也拜寄给他。这其中贪图他名声的不少，但彝人将子女拜寄给他时，多数却是为了子女的平安。否则的话，你就是不出自家的寨子，谁知道哪一天邓秀廷想要银子了，莫须有地指你是不服管教的野夷，挥着把美制手枪就来了，指挥着他的兵烧掉你家的木板房子，能抓着的男女娃子都分给了参战的头目，任凭他们将自己的战利品，那活生生的人卖到大凉山的这里那里去再当奴隶娃子。侥幸跑脱的，过上一段时间，邓秀廷和他的兵歇够了，还是把你当作野夷，不过这一次是逍遥法外的野夷，再派兵去杀去抢。追杀得那些人，拖儿带女，只敢在没什么人烟的大山里流浪，偶然路过有邓秀廷势力的地方，恨不得变只麻雀从空中飞过去，还不敢随便就飞，先得在嘴里衔根树枝噤声，翅膀也不能尽展、扑扇。不然的话，万一被邓秀廷那远听八方的耳朵捕捉到不经意间发出的呼儿唤女的叽喳声，还不赶来满门抄斩。如此这般，哪有终了。

把自己的子女孙子拜寄给邓秀廷，是不是真的就安全了呢？非也。这都是此一时彼一时的事，由不得你，只能由邓秀廷这样的强人说了算。某一天，他心生了一个灭你的奸计，可能会去找一个素来与你家有仇的人，也可能自荐为那家人某个儿子的干爹。既做了人的干爹，那咱们就是一家人；既是一家人，你的仇，干爹岂有不帮你报的道理，完全置自己的另一个干爹身份于不顾，杀气腾腾地便冲向了那个欲杀之而后快的干儿子家。邓秀廷就是这样来大耍他的以彝治彝的手段的。

这样，邓秀廷虽然子息不繁，倒也坐上了祖祖爷爷的交椅，只不过是干的，没有实际内容，徒然。这一点一定令他对人生很失望！当然，他可以小妾连连地娶来为自己生子。据说，他一共娶了五个老婆，儿子大概也生过，但都夭折了。如此说来，岂非报应。他一生明枪暗箭，谁知道杀了多少在他眼里是"野夷"的彝人。以至终于惹火了他手下的彝族亲兵，想送他一颗子弹。

那个杀他不成的彝族亲兵死后，不用说头被割下来悬在了外面的核桃树上。据说那时候核桃树正开花，天气渐渐地热着呢，那颗人头很快就臭遍了半座城，当然最感恶臭的是邓秀廷和他那一妻四妾，因为那棵核桃树就在他的宅门口。他好像根本就不怕，晚上呼吸着那样的臭味也睡得着。

连这都闻得，可想他完全不像我老家那些人，随便哪里死个人，先不先就吓一跳，走夜路也心惊，生怕被变为鬼的故人打扰。

　　凭着这股子歪门邪气，邓秀廷硬是在甘相营横行了差不多半个世纪。

　　不只甘相营。甘相营只是他的老巢。他的活动范围广及现在的凉山彝族自治州——当时以宁属相称，是当地大大有名的军阀，虽然是土的。

　　他最后被国民党西昌行辕的主任张笃伦任命的职务是宁属剿办野夷的总指挥，那时是1944年。1938年，他曾被四川省的省长刘文辉委任中将靖边司令。实际早在十年前，他就已经控制住了这一地区。

　　以中国之大、历史之悠久来看，我们那里不但是化外之地，而且是个小极了的小地方，一根香烟都能抽遍全城嘛！邓秀廷能被封为什么总指挥，又是什么司令，还是一个什么中将，怎不叫小地方的小民们至今吹起牛来仍唾沫星子横飞呢。再有一个，也最让小民们惊掉大牙、瞳孔放大的是，邓秀廷那唯一的女儿邓德芳的婚事是由宋美龄做的媒。

　　哦呀，天老爷，宋美龄！

　　那可是蒋委员长的老婆，当时的第一夫人呀！

　　这样一转念头，多少明白点时事的小民还不佩服得五体投地？再一想，宋美龄都能给邓司令的姑娘做媒，可想当时的邓司令是何等了不起的人物了！

现在去我的老家，天堑变通途，但即使有成昆线穿城过境，又有新近修成的高速公路，山里头那些幽深的隧道、高悬盘绕的桥梁道路，比较平原、丘陵、高原面上的铁路、公路，仍然惊险万分。好在时人欢喜风光无限在险峰，倒也相宜。

1950年代以前，不要说铁路，连公路都是一段一段的。所以说宋美龄竟然能给当地一个土豪的女儿当媒人，就是到了这年头，我在和外人神聊故乡时，多少也是当作一个人文胜事加以炫耀的。

对此，我也不用太当回事，这种笼络地方的事想必宋美龄做得不少。但到底我们那里太不起眼，今日如果没有卫星基地在我们那儿占了先声，互联网再发达，相信知道我们那里的人也寥寥；又有多少人知道那里生活着汉人，也生活着彝人呢？

或者宋美龄记得这事，毕竟当时蒋介石在广大的东北、华北战场上被人民解放军追得晕头转向，曾经想把西昌当作他在大陆的最后基地，有说是他还想把西昌设为国民政府的陪都，像抗日战争时的重庆。为了经营好这个所谓的基地，他还派来了自己的嫡系胡宗南，好和张笃伦唱双簧。这两人是从西昌起飞逃往台湾的。据说他们坚持到了最后，在他们的飞机驶离跑道时，人民解放军的炮声已响成一片。可见，蒋介石是多么不想放弃西昌了。

用自己亲信的儿子来和当地的豪强打亲家，算得上是一个经营手段。既经营，肯定要费神。据说，一开始邓秀廷并不十分乐意把自己的女儿嫁给行辕张主任的公子，似乎担心的不是高攀，而是正相反。还有一个原因是，他很难平衡蒋介石与刘文辉的关系。按说一个是中央一个是省上，有什么平衡不了的。话是正确的，可实际上，对蒋委员长，不要说刘文辉这样的四川军阀不买他的账，就是邓秀廷对他也是阳奉阴违。所以，哼哼哈哈，拖了很长时间，拖到他病死时分也没一个了断。他死后，难得张主任还来求亲。这次是向邓秀廷的遗孀邓女仙开的口。邓女仙据说也非等闲之辈，但到底刚死了当家的，一个养子还成不了气候，多少有所顾忌。正拿捏着，西昌那边传话来请她过去一趟，说是委员长的夫人来视察地方，要见她一见。见她是虚，做媒是实，因此将西昌攥在手心里恐怕更是实。

蒋夫人都出马了，邓女仙还有什么好作势的，恐怕高兴都来不及，梦里都要笑醒吧。凉山人无论彝汉都讲究身份，名气感也高昂得离谱。面子捞得足足的，还有什么啰唆的。再说她孤儿寡母的，地方上今天你凶你当老大，明天他横他又夺了第一把交椅，如今有中央替我邓家做主——蒋委员长的夫人是我家的媒人，看谁敢把我们娘母俩啃了还是吃了！邓女仙这一下不啻吃了定心丸，兴高采烈，当场拿出一万两银圆来给女儿做嫁妆，把女儿嫁给了张主任的长公子。

天可怜见，不幸的是，这位公子新婚不久，即在西昌小庙机场因飞机起飞不当酿成的空难中毙命。

邓张联姻，当时当地很是轰动，又陡起这样一道悲惨的波澜，免不了有人说三道四。比如新娘子好硬的命呀，过门没几天，就把人家新郎官克死了。这样的女子，那三姑四姨操心不已：可怎么再嫁呀！

她们的叹息甫定，人家张笃伦张主任就让二公子将嫂子收了房。于是，新娘尚在丧夫之痛中，便二度行了新夫妇的礼。由此也足见邓秀廷的面子之大了。

这个故事如今在凉山广为流传，我小时候可没太听说。这和当时的形势有关，属于封建恶霸的历史，没有人愿意提它。等我听说后，同时听到的还有邓秀廷那随公公一家逃到台湾去的女儿传话回来了，说她很想回来观光和凭吊父母，还说也不知道她父亲的坟地如何了。她父亲的坟地？啊呀，原来是我县举行体育运动和群众集会的灯光球场呀！

邓秀廷居然把自己的坟地安排在离家不到百米的地方。

上小学时，每年清明我都要跟小时候带过我的郑婆婆去给她家的先人上坟烧纸供吃的。郑婆婆是住在直街上的汉人，她家的坟地需爬很长的山路才能到达。喜德县的后山上也有当地大姓潘家的坟地，虽然比较郑婆婆家的离县城近，但离人家却也有三四里地。就是说，人与鬼的活动范围得有点距离吧。

邓秀廷却无顾忌，到底枭雄，不是连人头挂在自家门前的核桃树上也不怕吗？！

或者邓秀廷把方圆几公里的甘相营当成他生与死的家园了？

比如他把自己的家安在甘相营最高的地方，在那里他大概感受到俯瞰的畅快。他能俯瞰到什么呢，能俯瞰到九皇宫、文庙和那些小民的房屋和日常生活，还有那些往来于直街、来自四面山上的彝人。那一切都在他的治下？他就是这样想的。

对了，对了，孙水河畔那金色的麦浪和青青的秧苗也尽在他的眼中。这样的景象只有在甘相营时期才能看得到，到了喜德县时期，随着起高楼，非得要爬到后边的另一座山上，还要眼睛好，方能领略。

行文到此，我意识到甘相营时期，原来我们扇城的边缘并不是前文我以为的铁路，而是一年当中大部分时间如白练一般的孙水河呀！

这样再来回想我的老家，分明浮现在眼前的是一个含在半片莲花里的花心。这花心以邓秀廷的宅子为顶，打开后，真的如一把扇子似的铺展在川西南奇峰峻峭、林深松碧的大山里。

如此形胜，方圆百十里地哪里寻得见，就是所谓的泸沽所谓的西昌又有什么了不起！难怪邓秀廷发迹后非但没有离开甘相营，还对它进行过多方经营。

比如孙水河，原来并不在对面的山脚下，而由今日的田地中流过。邓秀廷病得奄奄一息时，仍不忘整顿它。就像今日的荷兰填海，他让四乡的人都来填河，填到最后，终于实现了他的主张，那孙水河被推移到山根。然后再把堤修起来把坝筑起来，空出来的成片土地，植上树种上草，最主要的是种上水稻，于是有了今日喜德县的平畴百里。

但邓秀廷也太霸道，全然不顾这扇城的人民性，凭着蛮力，先把最好的位置辟来做自己土皇帝的"宫殿"，又把次好的地方占来当自己的灵宫。他肯定想把那整座的山当成自己的生死乐园。不成想，人算哪里比得过天算，他死了才七八年，甘相营就变成了喜德县。

在邓秀廷时代，甘相营只是现在冕宁县的一个区。

沙，沙马拉达的沙

提起沙马拉达，响在我耳边的一贯是：沙，沙马拉达的沙；马，沙马拉达的马。以此类推，诵读下去，"沙马拉达"四个字手到擒来，转眼就会写了。至于意思，当然指的是叫沙马拉达的这个地方。

如此教读写，是在轻讽最最基层的乡村教师，或者就是民办教师。20世纪70年代，这算是我老家喜德县的一个公共笑料。很像更大范围流传的——

老师问："春风杨柳几千条？"

学生答："万千条。"

老师再问："几亿神州尽舜尧？"

学生再答："六亿。"

类似沙马拉达这样彝音汉字的地名我们那里有的是，为什么会选它，而不是别的地名呢？还不是因为沙马拉达的名气大啊！

沙马拉达现在叫乡，公元2000年以前，叫公社。乡和公社只是叫法不同，建制未变，所属也未变，仍属凉山彝族自治州喜德县辖下。距离县城25公里，逆孙水河而上，有公路也有铁路相通。

但至今，沙马拉达乡对于我而言，只是我乘坐火车由北向南回家经过的一个地方，叫它沙马拉达站更合适，它就是一个点，一个坐标，就像它前后的红峰站、瓦祖站、联合站、两河口站，只是成昆铁路线上的无数小站之一，尽管同属我生长的喜德县，也仅仅散漫地放在我的知识储存卡里。这种散漫记忆还有的一个可能是，北上时我要去的目的地只有一个——成都，所以会选择直快，而直快在如它们这样的小站一般都呼啸而过，还是在夜间。

沙马拉达确实又不同于红峰、瓦祖、联合、两河口站，它因同名的沙马拉达铁路隧道知名于我的父辈和同龄人中，知名于成昆铁路的建设史里。

小时候，沙马拉达是我们夸耀县域优秀的一个资本。

1970年贯通的成昆线穿越全域的，在凉山，其时尚未和西昌地区合并，只有两个县——喜德、甘洛，擦着越西县的边而过，这已经足够我们向凉山除甘洛、越西之外的其他九个县的人炫耀了，更何况沙马拉达隧道，它呀，可是世界，退一步全国，再退一步，成昆线上最长的隧道，6383米。

现在去网上查找的话，成昆线上的"最长"是即将通车的复线上的小相岭隧道，而沙马拉达呢，虽然也属小相岭的一部分，却只说它是成昆线上海拔最高的一条隧道。这个最高，相对于我后来生活过的拉萨，小巫一枚，超不过2300米，拉萨海拔3675米。

可有什么关系呢？沙马拉达"世界或者中国或者成昆线最长的隧道"标配在我和我的同龄人初长成时，是我们地域的荣耀。我们还会夸耀火车进洞前和出洞后都会鸣笛的，只有沙马拉达隧道。

有关成昆铁路的话题脱口而出的还有通车当日的即景，来自我的亲身经历，虽然我当时还只是个小孩子。

通车首日是在7月1号。

沿线群众，包括我，幼儿园的大班生，挤在路基高悬、面积有限的铁轨两侧，朝北，向着火车来的方向引颈翘望，等待火车驶来。

如果不是家庭变故，我应该是小学生了，那个时期我们那里的小孩子基本都在六岁前后上小学，我满过七岁了，却在补上幼儿园，准确地说是在幼儿园大班耗日子，等秋天到来，小学招生。可以说，我是以一个小学生的成熟度和胆量来经历成昆线通车那一日的，所以记忆牢靠吧。

我摆脱开老师回拢我脑袋的胳膊，还有她们揪我后脖领、后衣摆的企图，效仿大人大孩子，伏下身，把耳朵贴在铁轨上，听可能传来的轮子与轨道的摩擦声、震动声，以判断火车的远近。大太阳下的钢轨巨烫，四周都是兴奋的叫声："来了！""来了！""火车来了！"并没有声音传来，当然火车也没来。这种听火车的法子后来我还试过多次，基本不灵，而火车轰响着已近到眼前时，蹿跳不及。

通车那一天先听到的是火车的汽笛声，远远地响过来，以我小孩子的高度也能望见傍着红土山的切面移动的火车，接着它消失了片刻，因为有一个小弯要拐，再出现时它过桥，一座凌空而起的桥，有十几根水泥柱，很长。那桥到我高中毕业时一直有一个班的军人守卫着它，通称守桥部队，夜里经过那附近，时不时会被探照灯雪亮地扫上一下两下。

过完桥，火车差不多就到我们跟前了。它的迫近感至今犹在，好像我仍在面对它高大发黑的厢体后仰再后仰。

那个后仰持续的时间究竟多长我记不得了，可怎么也没想到其实只有火车头那么长，原来通车的象征就是从成都开出了一节或者两节火车头。

时隔成昆铁路通车典礼50年的最近，微信上一位大学同学晒自己的童年照片：身着彝族盛装，极美丽的一个小姑娘。旁注称自己当时就在宣示通车的火车头上，作为火车经过地彝族人民的小代表。

这也让我没有想到。之前自以为作为成昆铁路通车典礼如堵的围观者中的一员小小将，已很荣耀了，殊不知我的这位大学同学、民族学家巴莫曲布嫫，按我的区分，完全算不上成昆铁路两边当然的居民，她居住在远离成昆铁路二三百公里以外的昭觉——尽管当年为凉山州的州府所在地，竟然在那一天，登上了典礼车！足见，成昆铁路穿越的不是我这个小小将眼目中的喜德县，而是川西高原，大凉山！歌声响起来的话，就是当年流行于当地的"火车开进彝家寨"了。

此时，成都到西昌的高速公路、各地直飞西昌的航线的风头早已盖过铁路，即便成昆铁路，它的复线，据称也将在2022年通车，要说沙马拉达还有什么好夸耀的？连我也有差不多20年没有坐过成昆线上的火车了，以至于我有很长一段时间不知道被媒体宣扬的绿皮火车是怎么回事，那不就是我曾经到成都再转车到北京一直跑在成昆线宝成线京广线上的客运火车外皮的颜色吗？全国各条铁路线上的客运火车不都是绿色的车皮吗？看得见的是，除了高铁、快轨上前有的和谐、现有的复兴号等白皮、红皮火车外，绿皮火车照样穿梭在各个省市县之间，只不过地位下降，特快车没它的份儿，从开始到现在一直都在它分内的普快和慢车，不是还跑得挺欢的吗？

在成昆线上，凉山境内的那一段，普雄到攀枝花，这趟站站停的绿皮火车，原来也是口碑里的绿皮火车，因为方便沿路的山民出行回家兼随身带货，甚至家畜。秦岭山间的绿皮火车同理。

又甚至于，这个区间的绿皮火车已经被专称为慢车了。用普通话发音尚正常，如果用成都话，稍一拉长调子，就显嗲！

算起来，我最近一次在凉山境内坐绿皮火车，已经是20年前的事了，只坐了一站，从喜德到冕山，但已有体验。

那个时候绿皮火车的意义还没有被挖掘出来，但已然很亲民了，座椅桌子一律拆掉，改设两条边凳，空出中间部分，供乘车的人放他们出行必背的背篼、提的篮子，抱一只两只鸡在怀里还算稀松平常，除了咯咯叫几声外，最厉害的是小牛也可以牵上车，和众人挤在一起哞哞叫。不过，我只听说过，没见过。倒是见过一段影像，已经是绿皮车的意义被发掘出来后了。电视新闻，还是专题报道里，记不清了，反正表现的是，有山民竟赶上来一头小猪，说是要卖到前面不知哪里的一个地方。那小猪勇猛之极，在车厢里左冲右突，把用一根绳子拽着它的主人连带得也是左一下右一下，害得别的乘客不是躲小猪就是避它的主人，怨声四起，背篼篮子蹬翻踢歪的，乱成一团。伸出援手的是一位笑容可掬的女列车员，在她的热情引导下，小猪的主人被安排坐在边凳上，收缩手里的绳子，将兀自还乱摆着脑袋的小猪控制在膝盖前，躁动瞬间消失，车厢的气氛变得春天般温暖。

原来，这是一列民生车！

民生车，应该就是"绿皮车"的意义吧。它的设定显然得是：行驶在步行、汽车都难以胜任的山里，短途，站站停，说白了，相当于公交车。不同于公交车的是，乘客、山里人，可以随身背上来牵上来抱上来比如猪牛羊鸡这类的家畜，但大家畜的体型基本得限制在幼崽的范围里，稍大一些应该也可以，只要它们的主人带得动，还不过分打扰其他乘客。

回想起来，我小时候，成昆铁路上的慢车，这种不分大中小站，站站停的客车，它就是可以随乘客的意思，带上家畜一路同乘的。只不过体型较大的羊、猪会被塞在竹篾子编的网篼里，再缚以绳索，饶出两截来，权当肩带，背在背上。

上得车来，它们的主人一般把它们蹾在两节车厢的连接处，自己呢，如果有空座位，会飞也似的抢坐在上面的，眼光却随时罩住自己的行李，或者猪或者羊。这是他们要背到市场上卖出去，又或者从市场上买回来的。

至于那些背篼在身，往返做小买卖的男女——以女的为多，他们就可以把背篼放在过道上，根本不管过来过去的人被他们的背篼绊住腿了绊住脚了，谁要抱怨的话，肯定会被川西高原的大太阳烤得脸色红黑的背篼主人呛回来，那主人一边还得护住自己塞得满当当的背篼——高度一般在八十厘米左右，担心被对方——万一是个脾气火暴的家伙——掀翻。

装着蔬菜水果这样温性物品的背篼还能背上直快、特快车，不过，特快就得去西昌坐了。我们县的火车站，算中等站，慢车之外，只一趟直快会停靠。这就是我前面说的北上成都时，县城的人一般会选择这趟车，南下的话，除非公差，还是比较急的，其余都坐慢车。

向北，往上，成昆铁路的北端是更富饶的成都平原，但须得坐一夜的火车，钻包括沙马拉达在内的数不清的长短隧道，火车的轰响基本封闭在隧道里撞击人的耳膜、脑海，撕开嗓门对方也未必能听见你在说啥。插着耳机听音乐也别想，搞得好无趣。如果车行白天，那明亮的天光就是温柔的音声，但只片刻，甚或眨个眼的工夫，车厢中的我们又一头跌进了轰响且暗黑的洞子。

这种情形只有过了乐山所属的夹江站后才有改观，成都坝子就此展开了。对于这坝子上的各色人等来说，凉山就是那些重重叠叠的大山高峰，火车勾连起的成都坝子和凉山，其间的路程也像难于上青天的蜀道，不视作畏途才怪！即便坝子里的人，如果不是生活需要，比如我的伯母，是绝不敢来的，我父亲就常说，望不到顶的山会吓倒她，所以，小时候都是我们凉山娃儿去我大伯家过寒假。暑假我们不会去，太闷热，受不了。

现在基本倒过来了，坝子里的人等，他们夏天来凉山消暑冬天来晒太阳，凉山早半个月成熟的蔬菜水果也是他们的最爱，还有冬暖夏凉的房子，都把凉山的市场买贵了。我在成都的街头不经意间总会听见卖主在介绍红艳艳的樱桃黄澄澄的枇杷来自凉山，会说因为凉山的季节比成都早半个月，高山上光照强，水果还有蔬菜特别富有本来的浓郁味道。

他们的夸赞，我听在耳里未必那么悦耳，因为他们嘴里的凉山不完全是我生活过的凉山老家，特别指称的是安宁河畔的西昌坝子。

这是从北，由成都而来；自南，由昆明而来，一样在云贵高原穿梭盘绕，也一样要穿过很多的洞子，我坐过一回那边来的火车，知道。

无论从南还是向北，还有大小铁路桥需要通过，我们凉山人因此至今时不时地还在感叹：工人老大哥硬是凶，逢山打洞遇水架桥。

山洞从北从南打到安宁河畔西昌坝子的两端，同时旗偃鼓息，在两个小时的车程里——特指慢车，可以欣赏如壁的大山环围下的流水和百里平畴，以及生长其上让成都人羡慕的早他们的大坝子成熟的蔬果。

何止成都，就是我们喜德县，因为悬在群山之边缘，虽然直下西昌坝子不过七十公里，但水果蔬菜晚熟于西昌坝子，品种、颜色既没有那里的炫目，汁水也没有人家的丰沛、香甜，还不松软。所以，我们坐火车，慢车，一般都是往南，朝下，去富饶的安宁河畔。

相对于县城以北，包括沙马拉达在内的火车站，我更能记住县城以南到西昌的各个火车站，尽管属于我们喜德县的只有一个叫冕山的火车站，从那里朝下的每一个站——泸沽、漫水湾、月华，直到西昌，都是我们小时候最愿意去的地方。

这些地方四季物产丰饶，春天伊始，县里的各色人等，包括孩子们，都会坐上十点钟经过县城的慢车，最近的到泸沽，最远的到漫水湾。一般不会去西昌，当天回返的话，时间不太来得及，跟着蔬菜成熟的季节，背着背篼、提篮买回来蚕豆、豌豆，用背篼背回来的多是当地人，改天就摆在街边卖了起来。这种转手买卖，包括从自留地、屋后的园子里采摘来的应季水果、蔬菜，还有自家调制的凉粉、冰粉，腌制的酸菜，炭烤嫩苞谷，我记忆里在街边摊上一直有得卖，几未受过"割资本主义尾巴"的影响。

再怎么样，我们县城的上述小吃不论种类、味道，与安宁河畔的相比都是小巫。

在所到地方把上面列举的一样或两样当作午饭吃过后，再闲闲地逛一逛街肆，深叹荷包空空如也，馋虫狂躁也是无可奈何。准备去火车站，等待返程的火车，七点左右到家，一天的行程就此告终。

如果连回家的车票都禁不住诱惑花光了的话，那就逃票。

逃票带来的紧张不只进站时，会持续到下火车，因为查票没有规律，如果查到，据说，又缺补票的钱的话——当然缺了——会在火车停靠的下一站被赶下去。不过，在我有限的逃票经历中如此这般的"待遇"尚属传说，从另一个角度来说，我算是模范乘客。

我们出外觅食，也自有来我们县城惊叹加掠食美味的，比如我小学五年级时，那些来我们县城参加凉山州少年排球赛的选手们。

时隔三四十年，我记忆中的那场全州少年排球赛选定我们的县城为比赛场地。赛前学校规定了很多"不许"，让我们这些小学生遵守，最记得的一条是"不许"用手指各县的队员们，连他们在赛场上比赛时也不许，说是不礼貌。这个规定很难做到，但在指点的当头我就被同学喝止过，胳膊立刻停在空中。因此之故，对此"不许"记得相当牢固。

那些来参加排球赛的同龄人，四五年级的学生，都是我们羡慕的对象，想不到我们也被他们羡慕着，因为我们生活的地方既通火车又有街市。

很多年后，我和其中两位曾经的赛手做了朋友，她们就是羡慕者之一二。

那是她们第一次见火车坐火车，已然兴奋得发颤了，下了火车，还有一条足有二三十米长，摆满各色零食的街市在等着她们，晕乎是必然的。几十年后，其中一位还在咂巴嘴回味那街上的水柿子，夸那鸡蛋大小、灿然、娇柔的果子，汁液清甜、柿肉滑润，前段时间得了套可在屋顶积土侍弄的房子，第一时间便种上了一棵柿子树。

如柿子一样的美味，还有花红、樱桃、枇杷，我听在耳里，觉得匪夷所思，她们又不是生长在月球上，虽然不通火车，山绿水也长，乏有家养的果树，野生的总不会少吧，比如猕猴桃等等。可见，还是因为习惯和交通闭塞，不要说让舌尖享受，连眼福都够不上。

她们来自的美姑县，虽然和我们的喜德县一样是解放后才设的县治，但地处凉山腹心，居民纯为彝族，几无商品意识，甚而视做买卖为骗人，会羞愧难当，先不先，自己就脸红眼闪避，这在当时的凉山州——1980年与西昌地区合并后称老凉山，属司空见惯的景象。大概就三几个彝汉杂居地方的彝人，因为受汉族加上回族经商的影响，又依着贯连成都昆明的交通孔道，也有行商的，但难成片，也没有成传统。老凉山州十个县，起码有七个县的街上除了国营的百货公司、食品公司外，连个卖鸡蛋卖葱的恐怕都找不着。

我们这里却有的是长于行商的世居汉人，尽管人口比例只占全部居民的30%不到，坐商、游商都有板有眼，靠着十几里以外汉代以降、蜿蜒在崇山峻岭之间的所谓西南大道，从来不缺。

火车的到来，让我们县城传统上的街市，即便在那段"割资本主义尾巴"的时间里也没太受冲击。也可能我还太小，没有感觉到，总之在我的记忆里，街道靠南一边，足有二三十米长的地方，每天都有县城中和附近的汉族农民在摆摊做生意，其实连摊都说不上，就是把背篼、提篮里贩来或者自家园子里收获的时令蔬菜、水果，摊在一块全无颜色的布上，也不吆喝，生意就做起来了。还有卖豆花、豆腐、冰粉、凉粉的，容器就多了，锑锅、瓷盆，都是家里日常所用。做冰粉这类买卖的妇人比卖蔬果的打扮齐整、洁净，盛冰粉、红糖水的大小盆上都扣着块玻璃，看上去既讲卫生也讲究。最记得的是有位卖冰粉的，戴有檐的帽子，系围裙，青白的脸上没有一点笑容，动作倒利索。没有食客时，就坐一边继续自己的手工。

四山上的彝人也来街市，卖山养的鸡、猪和时令的水果，后者尤以山桃和核桃、猕猴桃为多，早早地背到街市，先是数个儿卖，卖到下午，急着返家，会打堆，竟至将剩下的果子一总作价卖了，县城各家的小孩都有过一下捞到半背篼或三分之一背篼水果的欣喜。一般都是山桃、猕猴桃等易烂的水果，核桃的卖主随便街边裹着羊毛织的披风混一夜，多是男人，一边喝着苞谷酿的便宜散酒，天亮后再卖不迟。

他们中的不少人都是一大早赶火车，就是我前边说的那趟慢车，最远的三四站，从北而来，在沙马拉达上车的也不在少数。他们的目的地不一定都是我们县城，也会往南，一如我们这样的觅食者，去比我们县城更大的市场，交易更顺手，收益也可能更大，然后带回自己需要的东西。

坐火车来而往之的不单于此，还有走亲串户。

毛根儿朋友里有的是老家在凉山以外的，假期开始，总有这个那个相随父母坐火车出凉山去探亲，远的能到我们无限羡慕的北京、上海，听说还要转车，旅途漫漫，那得有多少新奇、有趣与他们相伴啊！他们回来时，一般会给同院的男女孩子捎样礼物，我得到过一根有机玻璃的发卡。也会传回来一些新鲜的玩法，比如马兰，她老家在成都，小学时来回两边读书，她就不断带回来跳皮筋、跳房的新花样。后来有一次，她穿回来一条花裙子，半身裙。那是五年级时，班上我们四五个玩得比较好的女生也决意让家里给做条花裙子。说服大人的过程忘记了，大概顺利吧，毕竟我们那里除了农村的彝族妇女穿沉而长的百褶裙外，当地汉族女子、彝汉女干部，包括她们的女儿，没人穿裙子的，就是夏天也没有，天气清凉算一个原因，最主要是风气上的，逐资产阶级美的臭作风，要不得。下午的第一节课，我们先躲着，等别的同学进教室，铃声响起，该进去的也都进去了，我们还踯躅在外，勇气渐渐在消失，最后，还是马兰率先冲进了教室。跟着她，鱼贯而入的我们都低垂着脑袋，羞得不行啊！眼光瞟见的是我们的老师，惊讶得张大眼和嘴的样子。

我家的话，假期一到，父亲就会给足我们粮票、来回的火车票钱，把我们三兄妹中的这个那两个要不打发去乐山地区的夹江，要不去西昌，他是位基层干部，常年下乡，疲于应付我们，这么做，等于把我们交给他的兄嫂或小姨子托管。类似于我们这样需要托管的孩子，时下的中产家庭给了个可爱的称呼：神兽。而我们算得上是名副其实的拖油瓶，没有神兽的被关注度，火车的便利，跑动起来更随心。我刚上一年级时因为父亲突然要去成都，学马上不上了，跟着他来了一趟省城。完全创纪录，除了那极个别祖父母家在成都的毛根儿外，我敢说，高中毕业之前去过省城的也数得出来——我可是初为小学生时。因为擅自逃学，我第二批才当上红小兵。当然也不一定是这个原因。

二年级时的某一天，带上小我三岁的妹妹，随行的还另有一个同班同学，我们跑去西昌逛了两天，那时我二姨家还没迁到西昌，我和妹妹就在同学的亲戚家住了一宿。回来，同学被她妈妈狠揍了一顿，我们老师含沙射影、语重心长地在课堂上讲夜里睡觉时，她妈妈发现她的小腿青一块紫一团的，奇怪之下问及，才晓得是自己教训她留下的重手。我听着，像听别人的故事。好像我比同龄人胆大，其实更懵懂。

假期里，也有亲戚来我们家。虽然火车畅通无阻，但我们在夹江的伯父家却仍然视凉山为险途，在旅游时尚之前，还是20世纪80年代后，只我大伯来过凉山一次。来我家的都是凉山本地的表亲们，多是我的表姐妹们，还有小姨小舅。表哥表弟年龄上都和我差一截，反而年龄上下的表姐表妹比较集中，叽叽喳喳起来势不可当。至于小姨小舅，年纪虽然和我哥哥、表哥相差无几，但因为辈分的关系，比较持重，和我们几个大女孩更玩得来。

那是少年不知愁的年龄，家里来客人就高兴，也盼着客人来，灶膛里燃起的柴火有树油或者门起处带来风炸裂响时，心里急切的盼望会冲口而出：要来亲戚吗？按我们当地的说法，柴火欢客人到！时有碰巧，家中大人引以为奇，有事无事都让我预测一下，好像我有点通灵似的。

从成昆铁路开通的1970年算起，到80年代中期那种随叫随停、一天往返西昌多辆多班次的公交车盛行前，人们出县或者回县，全凭火车，除非去不通火车的地方，比如当时凉山州的州府所在地昭觉，我才会坐那么一两次汽车。

我可不是炫，只是想说明火车对当时的我们来说确实很方便，以至于汽车司机在我们县上变得没那么吃香了。不过有关他们的传言并没有减少，如利用开车的便利带私货。记忆中，父亲在物资公司当汽车司机的同学确实应季的水果、稀罕的饼干糖果，包括衣裳，都比我们的丰富，起码不断在替换。传言凿凿，又如说他们中的某一位在邻县另有家庭，老大和这边家庭的老大差不多年纪，反正都是小县城的人事景观。

火车司机的传闻我们听不见，他们不在我们的系统里。他们的系统和我们的并列，有自己的法庭、警察，甚至公墓。火车司机，连同所有铁路上的干部职工，被我们地方上的人统称为"铁路瓦克儿"。

"瓦克儿"，其实是worker的四川方言译音，和我同龄甚或前后年龄的人，那个时候估计没有多少人知道它的英文意思，以为当然的就该那么称呼铁路员工。这样叫的时候，语气带点侉，多少有当地人，或者地方上的人，轻瞧外来者的意思。

暗地里含着按时下常说的羡慕嫉妒恨恐怕也不差吧，人家铁路工人挣的钱比地方多，一定距离的往来车票，连家属的都可免去，这也算是较多福利中的一种吧。还有每年的某几天，会在车站避险的铁轨上停靠一节装着百货的火车厢，那是铁路上的流动商店，叫零担车。相当于走村串乡的货郎担，所谓山间铃响马帮来，就是它了。

零担车来自省城成都，未必稀罕，却很充足，价钱也低，比之地方就是让主妇们心动吧。很多年里似乎必得有铁路上的关系才能上去购物。我上去过一次，只记得暗淡的空间里这里那里的台面上摆着的货品并不多，虽然什么都有点儿，我把感兴趣的糖果、图书扫视了一圈，未必那么吸引我，反正也囊中空空。地方上的几个女人悄声言语间，交流的不过针头线脑，好像说毛衣针的规格多，又毛线甚而缝衣线的颜色也比县城那唯一一家国营商店的多。偶尔我会奇怪，这么一节从省城出发的百货车厢，挂在任何一趟货车后，走走停停地在成昆线上耗上上千公里，供沿途人等买东挑西，它是怎么补给货物的呢？来到我们县城所在的中等级车站，成昆线几乎耗去了一半的路程，但沿途各站妇女们最喜欢最买得起的针头线脑似乎还应有尽有，不是很奇怪吗？

少见多怪，说的就是年少的我吧。像铁路系统这样自成一体还半军事化管理的系统，补给一个流动的百货店算什么！也许，沿途还备得有仓库吧。或者滚动的车轮载着补给品随时就赶来添货了。

说到铁路系统的自成一体，它还有医院和学校，距离我们县最近的铁路医院和学校都在西昌以南的马道。地方上去铁路医院看病的不少，但它的学校不收地方学生。反而因为铁路沿线之长、职工之多又分散，地方上的小学中学分担了不少铁路子弟。

在我的小学年代，教育虽然也在"闹革命"，但不学习、学习不好还是行不通的，老师甚至会把背不下来九九表的学生留下来反复背，天黑了也不放人。在训斥荒于学习还调皮捣蛋的小学生时，老师对铁路子弟和我们地方上的学生会有所区分。铁路上的学生是让他们收心，把坐火车到处乱跑的心收回到学校、课堂上，别以为老鼠的儿子会打洞，子承父业，铁路工人那个铁饭碗没那么好端！

地方子弟的前景就是上山下乡，没有旱涝保收的铁饭碗端。当然，即使当农民也得当有文化的，要不说知识青年呢。

老师有关铁饭碗的预测未必正确，我曾经的一个玩伴，也是铁路子女，她的姐姐初中或者高中毕业后和地方上的年轻人一样，也去插队落户，当知青了。

我俩某一次还坐上火车去西昌以南的礼州，找过她在那里插队的姐姐。我们在那矮矮的土墙房子外等她姐姐到夜黑，见面也没有特别的表示，点亮油灯给我们做了顿饭吃，随着墙上油灯光映照的跳动的影子，就着米饭吃香葱烩的粉丝，记得的香味至今犹在。第二天姐姐管自出工，我们原路返回，逃票。

具体到男孩女孩身上，男生和地方上的小孩一样淘气，记得一个万姓同学抓到一只穿山甲也带来学校，让它张着自己木呆呆的小眼睛在教室的地上缓缓爬行。我们那样的山区小县，男孩子随身带来只鸟儿、松鼠，甚至长长尾翎的野鸡并不少见，但能徒手抓来一只穿山甲当宠物，还是让人眼气的。

并非特意，可因为居地有别，生活不在一条轨道上，地方上的小孩鲜有和铁路上的小孩玩耍的。

同龄人中，我有所不同，小学三到四年级有那么一段时间，常和两位铁路上的同学相约一同沿铁路走上二十来分钟去上学。

那个时间段，我家先行搬到了火车站下我爸单位新建的宿舍。没住够一年，县城单位宿舍的人嫌远，坚决抵制，作价卖给商业局作库房，我们一家又搬了回去。

这两位女生一姓张一姓唐，张姓同学我还记得她的名字，叫小春。

我觉得自己能记住小春这个名字，和当时芭蕾舞电影《白毛女》里的大春有一定关联。虽然大春只在影片的前后出现过有限的时间，但已经足以调动起我对他的喜欢。小春有很慈爱她的母亲，人也因此娇弱、任性，还美丽吧！她那张纤柔的小脸确实面色润白，嘴唇、脸颊都比一般女生粉气，黄亮的眼珠子透出的神情却很是迷糊。嫌她妈妈给她做的布鞋不如我们买自商店的大路货，其实是想合群吧，竟然剪烂鞋帮子，企图蒙混过关，来一双大路货穿。她的棉袄、棉猴也是她妈给缝制的，真是手巧。

她家来自东北，在家说普通话，那是我们那个年代值得艳羡的一种语言。他们一家说的东北话，没有我后来听到的嘎嘎劲儿，很轻柔。也可能我那时太小，见识太少，没有分辨力，即使有，也迷失在她妈妈温和的语音和轻缓的动作里了，在她招呼我们吃糖果、喝水，还留我吃饭时。

相对于小春，唐姓同学有一个和传说中丝毫不差的继母，她胳膊上脸上的青痕淤红，都是无声的控诉。她不常和我们玩，摘猪草采兔子草耗去了她的课余时间。可只要她没出门，只要我在，小春的妈妈就会派我们去喊隔壁的她一起来吃顿饭。小春妈妈还公开谴责唐姓同学的后妈。

那个后妈黑而壮，两根编得结实的黑粗辫子从后脑勺起，扎撒在两只耳朵后边。和小春妈妈一样，她也是家庭妇女，一般称家属，含义其实就是没工作。

铁路职工的老婆不少都是这种情况，有点像随军家属。她们中靠着铁路打零工的不少，比如给铁轨敲补路基上的渣石、打扫站台和候车室、两个地方来回倒水果蔬菜挣差价什么的。养鸡养鸭甚而养猪供自家食用也是她们的日常之一部分。

那时候唐姓同学的父亲沉疴已深，我记得他勉强坐在床上，愤而拍着腿上的被子，大骂老婆。没多久他就去世了，葬在火车站上边山坡上的铁路公墓里。

善后事宜好像没商量，唐姓同学被确定为孤儿，由公家送到马道机务段，安排进了相应的学校。又听说，她和继母分别时，抱头痛哭了一场。

之后，不是我随着家人先搬回了县城，就是张小春先于我随着她父亲的调动也去了马道。

从此，两位小友杳无音信。

那个时间段，铁路上的大人除了张小春的母亲，让我觉得特别的还另有一位，也是妇女，但她不是家属，是职工。

她长相本俊俏，穿着也讲究、合体，这都没什么稀奇的，即便我小时候那个单一着装的时代，即便如凉山喜德县城那样没有弹丸大的地方，医院、学校、县委机关里，也不乏这样的女性，何况我时当小学四五年级，又是艰苦朴素的环境还倡导艰苦朴素之下成长的，哪里有可能欣赏甚或关注这些资产阶级的小情调，除非天赋异禀。

说到这位小女儿都已经上了初三的铁路女职工，还如此身条儿窈窕，尤其眉毛似柳如烟，又面洁色润，唇还红，免不了嚼舌根的话也在我们小孩的耳朵边缭绕，说她描眉涂脸抹红嘴唇，斥她一派资产阶级小姐夫人的臭毛病，还说她和自己的女儿比青春，也不撒泡尿看看自己的真面目，就敢在那里招摇！

我看不出来她的真面目，只觉得她好好看，可以和时不时在新闻简报里出一下镜的孙中山夫人、国家副主席宋庆龄相比，也很有些阿尔巴尼亚、朝鲜电影里女主角的样儿，独有一种温和、恬静的美。

我们成长的年代，国产电影里的女特务也吸睛，不过太妖，也因为立场，属于战壕对面的人设，多看一眼，自己都会对自己先发起批判的，更别提小友们知道后鄙夷的态度了。

对那位铁路女职工的欣赏也不能和小友分享，风评不佳且搁置，其实我是拿不准我感到的好好看是不是一种美。那个年代的美比较粗壮，抡锄头、割麦子、走山路后浸着毛毛汗还透着红的圆脸蛋，大圆亮眼睛，蚕眉，厚唇大嘴，就是这样的吧。

可是已然年老的宋庆龄为什么还会以那种温和的美呈现呢？我的范围里没人评论，孙中山先生的夫人就得是那个样子吧？可能设定天成，都不用费神去想！

不承想，我们这样的夹皮沟也有这样的女人，虽然仅此一位，程度、专业度想来也未必够得上，却在如法炮制。难道她就不怕吗？

不是说她怕仿效孙夫人有错，是说她不怕社会崇尚一水的清水脸、菜瓜脸，绝不许封建主义、资产阶级那一套卷土重来，污染已然一代两代社会主义新人的脑瓜子；也不怕那些清水脸、菜瓜脸，其实就是黄脸婆，满怀妒忌，群起攻击她、中伤她；又或者她是在哪里买到的那些胭脂、眉笔呢？也许它们存在于铁路经过的某一个地方，而那个地方只有她知道。

她如此奇异，即便如我还不到十二岁的小孩，也在遇见她有限的次数里，看着她不转睛。

有一回，我们距离比较近，我侧着身子，边走边看她，好像巡礼，根本没瞧眼旁边她的女儿。那姑娘正当青春，鼓胀的身体，腿粗臀大，脸蛋上是被凉山的太阳和风毫无遮拦地晒和吹出来的厚红。此种红，后来我知道叫高原红。

正呆呆看着，那姑娘过来隔挡了我看向她妈妈的视线，扬声说，那边的孃孃让她过来告诉我，"走路看道，小心摔跤"。我望过去，她妈妈微微笑着也在看我。这边，那女儿放低声，发狠道："我妈是怪物吗，你盯着看！再盯着不放，看我不……"

不什么她到底没表达出来，我猛转身来了个大跑，直到心脏突突乱跳才停下来。

那位女儿未必赞佩母亲的与众不同，我们受的教育和风气使然，怀有的都是争当一颗一模一样螺丝钉的追求，她自然也不能免俗吧！

转眼间，这位在我眼里好好看的铁路女职工也调走了，和丈夫一道调去某站，起码是比喜德县的站大的站，儿女随行。

比照张小春的离开，我竟然也有失落感，对于这位名姓全不知，按时下说法时尚的女人。感觉又一种特别的气象消失了，很舍不得。之前的张小春也是一种气象。其实就是人家的生活，但她们的共同点和我们的截然不同，有色彩、大气，不必在意小地方的拘束风气。最吸引我的是，她们似乎可以随时拔脚就走，自由地去到铁路穿隧道过桥梁、无限延伸的各个地方，那些于小小的我而言，模糊却美好的远方。

如今，对于我来说，远方是我的凉山老家，她清晰而美好！我闭上眼睛，感觉坐上火车行驶在成昆线上，不必费心去打听，只要火车进洞前鸣笛、出洞后鸣笛，我就知道那一定是沙马拉达隧道。

害羞的民族

我家表姐不用说，也是彝族，而且好喝酒。

和一般好酒者一样，喝得晕乎乎时，她的话就多了。她风趣、机智，即使醉了，本性也不改，好像更有长进，真的像俗话形容的那样，舌头像抹了油，滑溜得很，逗得听她酒话的人笑得咯咯的。

有一次我们在成都一个小辈子家喝酒。喝到一定程度，我家表姐不用说，话又长了。那一次她主讲的是"我们彝族是个害羞的民族"这样的话题。据她说，这个题目和内容均来自一位彝族文化人，这个人在她上大学那个时段在中央民族大学当老师。

我表姐声称，她不过是在重复那位老师有关彝族性格的一个演讲。

我和我家这位表姐是校友，她虽然大我六七岁，但年级只比我高三级。原因不用说，她被"文革"耽误了。做了一年的校友后，她留校当了老师，我们接触更多了，或者说我是那种被称作跟屁虫的家伙，反正我挺爱跟她这里去那里去的。什么演讲啊演出啊，1980年代初中期简直多得很，思想在经历了很长时间的压抑后释放的口子像蜂窝一样密。可有关"我们彝族是个害羞的民族"这个题目的演讲我绝对没有听过。我问了很多同时期的彝族校友，他们也没听到过。这就奇怪了，不可能只有她一个人听到过呀？信不信由你，她这样对我说。那就姑且信之吧。

有关这个题目的演讲是这样开头的：

"我们彝族是个害羞的民族，为什么呢？"下面她讲道，公公和儿媳妇坐在锅庄的两边做所谓的对话，两个人要交流的事其实很简单：晚饭吃什么？可凑巧的是，媳妇的婆婆不在，公公的儿子也不在，否则的话，不用费什么周折，只要婆婆去和儿媳或者儿子去和公公直接对话就行了。但真是不凑巧，这两个人当时都不在场，而晚饭到底吃什么是必须定下来的，否则岂不要饿肚皮吗？于是公公问："锅庄呀，晚上我们吃啥子呢？"媳妇答："锅庄呀，晚上我们吃洋芋坨坨和荞粑粑。"两个人显然是通过眼前相隔着他们的锅庄在一问一答。

讲到这里，我表姐又来反问我们：为什么要这样做呢？当然她又自己回答说，因为我们彝族是个害羞的民族。作为一个害羞的民族，公公和儿媳是不能直接对话的。

在讲述的过程中，我家表姐充分发挥了她可能具备的表演才能，语气呀手上的动作呀都多得很，尤其她把"我们彝族是个害羞的民族"和"为什么"挂在嘴上，一咏三叹地重复了又重复，模仿的又是彝族人说汉话时半洋半土的风格，简直笑死人了。

像一般有幽默细胞的人一样，在别人笑得死去活来时，我家表姐不仅不笑，还很端庄，在那里不断重复"我们彝族是个害羞的民族"什么什么的。

彝族翁媳间岂止不能对话，还不能接近，其间的距离以六步为佳，万一哪一方无意中突然过近，另一方会奋起喊道："请让！"

这是凉山那位叫岭光电的土司在六十年前记录下的彝族社会的实情。自那以后，过去了这么多年，凉山所发生的变化确实可以用翻天覆地这样的词来形容，可是习俗变起来总是难的，像翁媳回避这类的礼节仍然存在于凉山的彝人社区里，只或者程度有所不同罢了，比如城里相对而言会轻弱一些，乡下，尤其是那些更偏僻的地方会严重一些。

原因是什么呢？上面提到的那个土司有论说，他说大概在于很久以前，公公，包括大伯子，在为自己的儿子或兄弟抢婚时用的劲出的力太多，引起被抢者儿媳或弟媳持久的愤怒，进而演变成了后来互相回避的习俗。也说得过去吧？等到抢婚已然成为一种形式时，翁媳还在互相回避，在我看来就是我表姐宣扬的害

羞使然了。而用害羞来涵盖一个民族的特性，或者说一种特性，我不知道同是彝族的其他人怎么看，我是深以为然的。

很多时候，我听人家在评论少数民族时都说少数民族热情大方。具体到彝族，我在小时候就听四周的非彝族人说，啊呀，彝胞啊，胆大得很，田间地头、山坡梯坎上，男男女女，老在嘻嘻哈哈地打闹。这大概和议论者奉行的"男女授受不亲"有直接的关系。另外，也是最关键的一点，我觉得说者未必搞清楚了打闹者的身份和年龄。

打闹者实际都是些尚未成婚的年轻男女。以此来反问议论这个场景的人，他一定会干噎住的，世界上任何一个地方的青年男女都喜欢互相打闹，除非不正常。

排除了这个因素后，我要说的是，彝族有的一个特性确实是害羞。想一想，把全中国，或者限定在凉山，把凉山二百多万彝族人都放到害羞一词里来加以说明，也挺有意思的。

在我的老家，大人们骂小孩最常用的一句话是："你咋不知道害羞啊！"你说错了一句话，做了不合适的一件事，或者仅仅是你的胆子大了点，竟敢在众目睽睽之下发表一点见识，他们都这样骂你。这算是很严厉的骂人的话了，剩下的还有骂你疯子傻子的，为了发泄气愤，至多再威胁你说："用石头打死你！"如此而已。

　　我的继母，我们叫嬢嬢，有一次告诉我，她刚参加工作那一阵，从省会成都来了几个采风的男子。他们来找我家嬢嬢等几个彝族姑娘搜集民歌。

　　在当时的情况下，必须有人唱，还必须有人给翻译，因为我家嬢嬢和她的伙伴唱的是彝语歌，因此场面一定很热闹，也因此招来了很多的看客，这其中有的是彝族长者。他们眼见得自己的几个姑娘在那里又说又唱还笑地和来历不明的异族男子周旋，马上就不高兴了，就骂她们不懂得害羞啊！

　　这件事，在我还很小的时候我家嬢嬢就讲给我听过，她当时大概有同样的话要骂我，但到底懂技巧，会用自己的亲身经历来说服我。不过也是遗憾，我一点都没听出来她婉转传递给我的意思。像我这样凉山的新一代哪里能够领会有关害羞的深意呢？我反驳她：就唱几支歌，那有什么害羞的！还说，哎呀，你也是不经骂，老人骂你几句，你就不敢唱了。你要还敢唱的话，我保证最起码凉山州歌舞团早把你招进去了。

　　在我小时候，社会不提倡读书，主要是读了也没有什么前途，像我这样大小的女孩子妄想的都是到州歌舞团去当个唱歌跳舞的演员，很风光的。

　　不用说，我把我家嬢嬢气得哼一声，无话可说了。

　　要说的话，我们家的几个孩子尤其我哥哥在我们那个小县城的口碑就属于害羞一类的人物，也因此我觉得众人还有点担待我们似的。

大家都说，啊呀，这几个娃娃像极了他们的妈。据众人说，我早逝的母亲就是个害羞的人。

我工作了以后，有一次在贵州参加一个彝学会，碰到我母亲在西南民院上学时的一个同学。他一听我是李国英的女儿，自然免不了要缅怀一番他的同学、我的母亲。他一开口说的也是，你家妈妈啊，真是个害羞的人！

当时我们是在告别，时间很紧急，其中的一方，我吧，正要离开所住的宾馆，上送站的车去火车站。就在那么一会儿的时间里，他突然知道我是他同学的女儿，当然感慨了，可想不到，他想起的有关我母亲的第一个印象竟然是害羞。

在那么紧迫的时间里，他还居然把我母亲如何害羞的往事讲给我听了。

他说，有一次他们开小组会，讨论什么呢，他已经忘了，但要求与会的每一个人都必须发表自己的意见，不说不行，人人过关。

那是1950年代初的事。当时凉山的民主改革还没有开始，奴隶娃子还没有翻身，他们的子弟呢，自然都还在山上放着主子家的羊啊牛的。就是说，到西南民院来接受新社会的教育的还多是所谓的统战子弟。他们多半来自凉山有一定社会地位的家庭。以我母亲而言，她家在彝人社会里完全称得上是有名气的。其时她们家的当家人是她的三叔。她的父亲死于之前旷日持久的冤家械斗。

我的三外公和他二哥——我的外公一样，曾经在成都上过华西大学，思想开明，能顺应时势，是最早与解放军联系的当地上层人士之一，而且很快就将家里的大孩子，我母亲和他的大女儿送到位于成都的西南民族学院去受教育。同时送去的还有当地一家马姓黑彝的子女。

不知道我母亲在西南民院学习的具体时间，我无从判断她当时的年龄。不过以解放军进凉山的时间——1950年和她生于1935年，而又没有到1955年——凉山民主改革开始的年份来推测，可以确定的是，当时我母亲的年龄在17岁至20岁之间。

我母亲的老家汉源今属四川雅安，距成都二百来公里吧，以现在来看的话，一天能打来回，可在六十多年前却是件困难至极的事，不单纯是交通不方便的问题，最主要的是沿途各地方势力林立，寸步内外就有荷枪实弹的牛人让你留下买路钱。如果再碰上个谁知道在祖上什么时候结下梁子的仇人，那你的小命还要不要？如此的情势之下，没有人敢随便出门的，更何况是女子呢。

我母亲去成都西南民院学习时情况已发生了巨大的变化，新中国在前几年——1949年——的10月成立了，西南的顽垒成都也被攻克了，解放大军扫平了进入凉山的大道和部分小路，前往成都的沿路艰险已不复存在。和她一同去的，前面说过人还不少，她呢，童年时已然经历了母丧父亡，算得是见识过世态艰难的女子。综合以上种种，按理说，她不该那么无措的。

从另外一个方面来说，她的适应能力也应该比其他来自纯粹的彝人社区的学生强，她是在彝汉杂居区长大的。在那里，彝话汉话都通行无阻。具备这样先天条件的人在当时的凉山并不多，如果发展得好的话——无非是胆子大一点，成为新社会一个小有名气的妇女干部是极有可能的。此种情况在凉山屡见不鲜。

可她骨子里却害羞得不行。据她的同学告诉我，那一天轮到我母亲发言时，她怎么都开不了口，勾着脑袋，身体绷得紧紧，如果地上有一条缝的话，她肯定就钻下去了，他说。但是，没有。如此的话，我母亲还得发言。

几经学习小组的组长和同学里的积极分子劝说，她决定发言了，不过有一个前提，她昂起头，脸红透了，她让小组的成员都出去。他们很是不解，都疑惑地看向她，什么意思嘛，出去？我们是听众啊，可能针对你的发言还要点评什么的，他们的眼神说。但我母亲坚持请他们出去，她说，你们都到门外去，还要把门关上，我才发言。那怎么听呢？

过了近四十年，她的同学告诉我说，当时他就是这样质问我母亲的。我母亲复又垂下头，小声小声地说，她可以大点声。总之，她的意思是，这些人如果围在她面前的话，她就会紧张得什么都说不出来。

当时大家大概还有很多事要忙着去干，新社会刚开始，到处都在嘿啦啦地为新中国添砖加瓦呢，或者大家忙着去吃饭，反正大家都忙着要离开会场，而为了听我母亲的发言，已经浪费了半个多小时。于是，小组长不得已地宣布说，那就这样吧。

怎样呢？大家都到门外去听李国英同学发言。他说。那我母亲发言了吗？"发了。"她的同学回答我，事隔几十年，他还是忍不住笑。

后来，我把这事讲给我父亲听，他也笑，说他倒不知道竟有这样滑稽的事。他说，你妈确实很害羞。人一多，你妈说话时脸就要红。他还推测说，这大概是你妈妈不爱说话的原因吧！

"和你也是吗？"我问他。

"反正比你嬢嬢的话少，还少得多。"他这是在与我继母做比较。

我父亲是1950年代挺进凉山的解放大军的一个小兵，像他这样南疆北地的人在凉山很多，但娶当地彝族女子，还前后两次

都是的，却非常罕见。反过来说，前后有两个彝族女子都愿意嫁给他，也很让人匪夷所思。

我的母亲就有点奇怪了，难道她那样一个连当众说话都要脸红的人就不怕人家说闲话吗？要知道，彝汉通婚这件事即便放到1950年代初那样社会革命最激荡的时候，也会让彝汉两边的人侧目的，温和点说是不理解。不管怎么说都是开风气之先吧。而我的母亲，一个害羞的人居然不怕世人的冷语热言，尤其她还出自凉山一个有名气的家庭。爱情使然吧？我又想。这一点还真有案可稽。

1962年吧，我父亲因为工作调动，突然从县里调到区上。我母亲那时是县医院的医士，按说在我们那样的山区县应该算个上好的单位了，但她决定和我父亲一起下到距离县城四十来公里、有二十来公里的路还非得徒步的区上去。

当时我哥哥三岁。我父亲劝她自不待说，连她的朋友和同事都来劝她不要去，所谓去时容易回时难啊！她不为所动，非去不可。大家也只有作罢了呗。

想不到没过两年，我父亲又调了回来，而母亲呢，确实是去时容易回时难了，县卫生局无论如何都不同意她再调回来，不过为了照顾她和我父亲的两地分居，他们把她调得离县城近了十多公里。

那时我也已经出生了，并在那个叫两河口的区上长到五岁。之后我父亲把我和哥哥、妹妹带回了县上，我的母亲却永远留在了两河口。

我父亲说及此，总叹息说，你家妈之所以会因为救治不得力病死在两河口，全怪她的硬脾气。先是非要跟我下到各种条件都差极了的区上去，后来在往县上调的过程里又不知转圜，和卫生局的领导交涉时不知道自己在求人，硬邦邦的，惹得人家火起，都那样了，还火上浇油，一下就把人家局长的桌子掀翻了，搞得全无回旋的余地，让我叫苦不迭。

事过几十年，我听我父亲的口气还有点赞赏的意味，他笑道，你家妈可把那个局长吓惨了，直喊救命！按我父亲的解释，我母亲之所以不肯服软，是因为她受的家教。她的家教让她只知道硬碰硬这一条路。要不，我父亲说，凉山解放前哪来那么多的冤家呢，还不就是无人服软吗？服软认输在彝人社会里是件犯大忌的事，先不先的，自己就羞愧死了。说起来我的母亲还是因为不肯服软，蜗居在医疗条件简陋之极的乡下才最终抢救不及时死去的。

如果她灵活一点点，我想，我们三兄妹是能够躲掉人生的很多风霜雪雨的。

所谓历史不能重演呀，又所谓性格决定命运呀！还有风俗似也能决定命运、书写历史?

在我小时候,县城里每一年从四乡八村都会来好多开人代会的代表,彝族汉族都有。彝族代表来的地方比较汉族要远僻得多,他们中的大多数人需要在每一年的三月间披上内衬有羊毛毡子的披风"擦尔瓦"翻山越岭而来,有的为赶时间还骑得有马。

开会的那几天县城的街道可热闹了,人民代表熙来攘往,他们除了履行人民赋予他们选举自己的领导人的神圣职责外,还肩负得有老婆给的任务,买盐买布买针线。

也难怪啊,彝族代表居住的地方哪有什么商业网点啊,所以不但自己家的女人,寨子里的其他女人也有好些东西要托来县里开人代会的代表捎回去呢。

不可否认的是,他们中的很多人,彝族汉族都算上,是普通之极连字都不识的农民,怀有的不过是一颗淳朴的红心。

凭着他们那颗热爱新社会的红心,举手呀喊口号呀,争先恐后,把大会场小会场渲染得气氛昂扬,人心振奋。当然个把彝族代表因为根本不懂汉话,并不知道台上的领导在讲什么,听着听着还不就把五年计划十年目标这样的讲话当成了催眠曲,或者长途跋涉累得够呛,总之一下就昏睡了过去。

我这样说自己都感到很有点不恭,其实那只是个别人生出来的个别现象,无伤大雅。就是这个别人,因为天性质朴,不像知识分子有点事就和自己过不去，根本意识不到自己那一两次不合时宜的昏睡有什么不对。他们作为人民代表的荣耀始终如一，保持的时间也长。具体的表现是，他们会小心翼翼地让别在胸前的代表证不被风吹去不被雨淋烂，还要不被树枝挂了，那是纸做的呀。有保护得好的，据说可达半年之久。

我父亲就在下乡时碰见过这么一位人民代表，那一年的人代会已过去三四个月了，他的代表证还鲜艳地飘在胸前。那个代表是一个生产队的队长，队上的人有时候不叫他队长，直接叫他"代表队长"。当时，他正陪着我父亲等基层干部检查他们队的夏收情况。我父亲和他开玩笑说，下一次人代会他可以为会议省掉给他制作代表证的开支了。他是彝族，汉话听不太懂，我父亲的话倒是把一同去的其他干部逗乐了。

我要说的还是关于害羞的话题。那一年，我还在上小学，大概四五年级吧，总之，已开始懂事，对一些事件有了有效的记忆。也是开人代会的时候。街上，照例热闹得很。

中午吃过午饭，对于学生来说就是去上下午的课。我在上学的路上要经过好几个丁字路口，这并不是说我们县城很辽阔，不过格局如此罢了。当然它也不像时人说我们的那样，一根香烟就可以抽遍全城。要知道，我们县城曾经是国民党靖边司令邓秀廷的老巢，所谓饿死的骆驼比马大吧！

　　想当年，1949年以前吧，凉山彝族自治州1953年至1980年时的首府所在地昭觉，虽然号称县，衙门却是几列烂平房，我们喜德呢，只敢称营，意思是驻兵的地方吧，却有保留至今的深宅大院。它的主人邓秀廷尽管出身草莽，经过几十年的南征北战，当真结识了不少文人墨客。这些人住在如今因为卫星基地大大有名的西昌城，著名的有画家马骀等等。中国人，不论时代和地方，即便我们那样的边地，都古趣得很，以附庸风雅为毕生的追求，邓秀廷未必真能欣赏栽在园子里的梅兰竹菊，但他要拥有，脱去战袍，洗净沾过人血的手，一袭黑丝绸长衣，又徜徉在梅兰竹菊里，他再老粗，想必也会生发人生完满不过如彼的感慨吧。

　　邓秀廷虽然凶狠，但他从一个砍柴卖柴的小樵夫成长为我们那个地方的一代大枭，也有让僻地寡民引为谈资的离奇、惊险。我们小时候就常拿他打架斗殴总占上风的事情、他住过的栽满梅兰竹菊的深宅大院和那些来自州府因而沾沾自喜的表兄妹打嘴仗。

　　真是不辨是非的少年心境呀！

　　在邓秀廷当政时期，那时还不是县城只是冕宁县辖下的甘相营里少有彝人。一条直街的两旁和上下几道坡上，住的多是给他家当佣工、家丁的汉人。彝族呢，散住在县城周围的山上。

　　我每天上下学要经过的丁字路口一旁的人家，不用说，也是户汉人。

他们家的门开在当街，屋后却伸展着很大的一个园子。里面花红叶绿地植着好些樱桃、枇杷、石榴、李子、梨和桃树，到了成熟的时节，他们家的女人，老的年轻的都有，会在门口摆个小方桌卖盛在簸箕里的时令果子。印象最深的是两样，枇杷和樱桃。不是因为它们的颜色，主要是它们的好味道。

我们小时候，钱极金贵，被大人紧紧地攥在衣兜里，我们连看都看不到，也因此被满街上家养野生的水果馋死了，妄想的就是在街上捡到五分钱，只需要五分就够了。五分钱在我小时候的街上，可以买一两樱桃或枇杷，饶上一撮炒瓜子，或者再多几枚枇杷、樱桃，全凭各人说服小贩的本领。一般来说，因为无从筹措这要命的五分钱，包括我在内的一众小友被馋虫噬咬得呀，胃和肠子谁知道破了多少个洞眼。这大概是我至今仍以樱桃和枇杷为天下第一水果的原因吧。

可是想不到就在我四五年级时县里召开人代会的那几天里，那家人把樱桃树砍了。等到樱桃上市时，他们家再没有樱桃来卖了，我还替他们家惋惜呢：原来他们家只有一棵樱桃树啊！

他们家的樱桃树被砍掉时，花已然开得粉红了。

为什么要砍呢？是因为他们觉得背兴，因为那上面在那几天的一个中午吊死了一个开人代会的代表，一个彝人。

那家后园子的墙是用石头垒的，简单地抹了点泥，算不上砌，常见垮塌。那墙只有半人高，不是用来防人，而是防猪啊羊啊牛这些家畜的。说来惭愧，我们住的地方虽然号称县城，那些家畜却能肆无忌惮地到处乱跑。常常在傍晚时分会听到某一家的主妇扯开嗓门在那里骂街，骂猪啊牛的把她家的菜地拱了或者啃了、踩烂了。她当然不是光骂家畜，她骂的是家畜的主人，可到底是哪家呢？这就颇费猜测了，实际上，她多半是在没有目标地随性骂，泄愤而已。

就是这么一道石头矮墙，不要说大人，小孩跳进去都容易得很。更何况听说那彝人高得很，所以腿也长得很，只一抬就跨进去了。

这是事发现场我的一个也在那里看热闹的同学告诉我的。但她也是听说的，因为我们根本看不见。那些谁知道从哪里冒出来的大人堵在我们的视线前。现场很是混乱。再说我也挺害怕。像我这样的山区小孩，哪里有热闹，哪里就有我们。但到底死了一个人，还是怕的。

等我下午放学回来，那棵平常我能看见一半的樱桃树不见了。

那个时候我也已经知道那个参加人代会的代表何以自杀了。

他在中午的饭桌上，肯定是忍而未忍住地放了一个屁。

想必他那屁放得很张扬，否则吃饭的场所可大得很呀，一二三四的，摆了三四十桌呢，而人声呢，也鼎沸着，但居然有人受了一惊，可想放屁者羞惭的心情了。在彝族的风俗里当众放屁会羞惭而死的。

那些受了一惊的人，并不在于那个响屁，他们只是因为突如其来的一响而没有及时控制住自己的表情。他们流露在脸上的神情如果不是一个敏感之极的人，比如那个放了屁的代表，是不会有人感觉到的。那是什么样的呢，瞬间的错愕，但已经被那个放屁的人感觉到了，他的想法呢，很直接，哦，我要让他们笑死了。其实不会有人来笑话他的，听见的人紧张都来不及。他们都是在害羞的环境里长大的人，很知道一个当众放响的屁会带来怎样可怕的后果。

在公共场合里，当一个彝人的肚里充满了可能会变成屁的空气时，最好的办法是离开公众，实在离不开就只有靠自己的耐力加以控制了。

这一点连我都有经验，憋得呀真的是脸红脖子粗。

相关的一些声响好像也不应该暴露在公共空间，比如肚鸣打嗝什么的这些身体失控后发出的意外之声。我在十四五岁时就有过这么一次。

当时我在我大姨孃家做客。某一天的午饭，大家安静得咀嚼声都听不到，突然我就打了个嗝，很响亮的，似能洞穿人的耳膜，在座的人都受到了打扰，但他们从语言到面相都很持重。而在我羞愧地看来却属此地无声胜有声，无表情更是一种表情，我如坐针毡，然后霍地一起身，自己都没反应过来，人已经在门外了。

以后我看《苔丝》的电影，看到苔丝在讲述她如何孤独地在星空下听到青草的呢喃时，一片静穆中，大概也是克莱尔爱上她的时刻，听者中的农妇却被饭噎住打了个扫兴的响亮的嗝时，我真是傻笑得止都止不住。

那个让我害羞的嗝是四十年多前发生的事，所谓斗转星移，现在年轻的凉山彝人该不会像我那样傻了吧。

又扯得远了。再来讲那个不幸的人民代表的故事吧。

当他不小心放了一个响屁后，当时的情形和我打嗝时我大姨孃、我那些表兄妹所表现的一样，在饭桌边的其他代表在瞬间的错愕后，都极力表现出无所谓的样子来。也难为他们，他们是多么不想让自己的脸尤其是眼睛为这个响屁有所反应啊，可哪里由得了自己，对一个响屁的必然反应已经是文化了。而这种文化是对放屁人的怜惜，哎，他们脸上的表情是，你怎么就没忍住呢？你没有忍住，下面看你怎么收场吧？那瞬间的错愕只能以纳米来计算，可已经足够了，再下来的无表情流露纯属欲盖弥彰。放响屁的人就是这样来理解他们的好心的。

他羞得呀，恨不得马上消失掉。颈子上的青筋暴出来，汗水顺着鬓角大量地淌下来，不但打湿了前胸后背，还像蚂蚁似的在身体的这里那里乱爬，身体委顿，腿啊胳臂的已然不属于自己了，眼前哪里还有什么人啊景象的，真的是一片空白，除了自己羞愧的心。

这可怜的人儿，他当时一定就是这副模样啊！终于忍无可忍，再也坐不下去了，或者说血一膨胀，什么也顾不得了，总之，他呼地跳起身，旋风似的刮出了饭厅。

这样的事件在历史和现实里反复发生，立刻就有同桌的人撵了出去，速度之迅疾，旁桌的人一点都没察觉这里发生了什么事。

但还是晚了那么半步。放响屁的人跑出了他们的视线。我的老家到处都是坡坡坎坎，房子呢又都建在坡坎上，因此而有的避身处数不胜数。

那追出去的七八个人一筹莫展地互相看，又互相问怎么办。

这时候别的代表也都知道了，纷纷走出来高一声低一声地在那里议论，那一天的午饭就这样结束了。

组委会也不去细打听事情的原委，起码，他们也明白绝不会有什么责任人的，先打发众人分头去找吧。有位负责人发号施令说，就是挖地三尺也要把人给找出来。他用的是《地道战》里的一句台词。

用不着挖地，还挖三尺的，很快就有消息传了回来。于是，主事不主事的各位都跑得咚咚的，山响，一下就把那家农户的园子挤得满当当的了。

也真是的，一个响屁竟然要了一条人命！

但是羞愧啊，它是无休无止的潮水啊，当它激荡在一个看似渺小的人的心中时，确有摧枯拉朽的力量。所以当有人问这世上什么最大最巨最令人恐惧时，回答是人的心，何况这心彼时还注满了让它的主人害羞至深的潮水呢！当这潮水空前绝后地涌动起来喧哗起来时，便径直要了它主人的小命。

很多年后我去西藏，在那里工作了十余年，竟也听说过类似的故事发生在藏族同胞里。原因呢，也是害羞。

我还想起小时候听过的一个民间故事，讲的是发生在一个新媳妇身上的事情。说这新媳妇刚做了人妻人媳，先要下到厨房去露一手，以令苛刻的婆婆和小姑子满意。在厨房里，她把她妈教给她那十八般厨艺玩了个遍，人也累了，肚子也饿了，旧社会的妇女啊，哪像现在，可能在桌上也不敢放开肚皮吃吧，或者贪嘴，反正她打算犒劳一下自己，就把门闩上，准备舒舒服服地吃上一块自己刚炸好的酥肉。没想到，那脆巴巴、黄澄澄的酥肉正嚼了一半，欲吞欲不吞之际，敲门声起，是她的婆婆在外面喊她，大概想来视察儿媳的工作吧。天啦，这可怜的新媳妇发现自己马上就要被婆婆逮个偷吃东西的正着，能不慌了手脚吗？真是又羞又急呀，咕的一声，那块她特意挑的大大的酥肉就卡住了她的喉咙，一口气没上来，倒在地上就死了过去。其实是昏了过去。

这该是汉族的故事，也是因为害羞才引起的，但让听者接受起来比较容易。而上面我讲的那个算得上是我亲历的故事，很多人就觉得不可思议，有个姓翟的人就张着眼睛，疑惑地道：啊呀，为一个屁，出了人命，你还写了这么多的文字啊！

我都没话和他说的。

慢着，慢着，还有补充的。

前面我说过，樱桃树被砍掉后的场景我曾亲眼所见，此时再来回想，它和我之前说的一树灿烂并不一样，我得说，它倒伏在地上的样子，黑黢黢的一大团。难道花儿们随着砍掉的树倾倒在地时，它们的光彩也消失了？不是这样的，那个时段，树上已然挂满了豌豆大小的果实！

有名气的人

　　我家孃孃给我讲，有一次她家爸爸出远门，可能要到云南的哪个地方去吧。走在半路上，当然不完全靠的是两条腿，还时骑时牵着一匹马——在山里头只能这样了，要不光骑着的话，就是天上来的一匹马，也要累死的。总之，走在半路上时，他饿得不行了。人饿了，我家孃孃说，就得吃东西。吃啥子呢？当然是他背在背上，还驮在马鞍子上用焙过的燕麦磨的炒面了。

　　炒面是要和上水调成糊状或者捏成团来吃的，反正需要水，所以，我家孃孃的爸爸就在眼跟前找了一个泉眼拌他的炒面。

　　我家孃孃不说她的爸爸带了多少干粮，只给我讲她的爸爸很能吃，吃得连和炒面的泉水都干掉了，以至于都没法再吃了。

　　这是1930年代的事。距今虽然已有七十年，但那个时候我们知道飞机大炮早就有了，可是在凉山，我的老家，一个男人出门去办他的事，首先需要骑一匹马，其次还要带上干粮。实际上，那时候的凉山人，有个别也是见到过飞机大炮的——他们自己在打冤家时也开始用传进来的热兵器了，但是铁路没有，公路也没有，在山和山之间，最好的交通工具还是养得腱子结实的建昌矮马。

也就是说，关于一个出门在外的人必须以马为代步工具，又必须自己准备沿途所需的干粮，还有御寒等的一应衣物，至今，我都相信。可是一个男人，尽管是我家孃孃那赫赫有名的爸爸，那个叫孚尔依楚的豪迈的男人，可以喝尽（而且是拌着炒面）一眼泉水，等我长大后，我就不相信了。我反驳我家孃孃说，怎么可能！在凉山，就是到了今天这样到处水源都在告急的时候，要让一眼植根于山和树之下的泉水干涸，不是吹牛吗？

"要是，"我说我家孃孃，"你要是加上'从前'这个表示古时候的词还差不多。"

"从前"是民间故事的开场白，有了这个开场白，不要说泉水，就是说有人喝干了一条河我也相信。比如说，那个讲一个人因为吞了一颗宝珠变成龙因而喝干了河水不得不游到大海里去继续喝的故事，我就相信，而且还讲给我的女儿，包括她的小伙伴听过。当然，我家孃孃讲给我听的这个故事，包括其他的，我也讲给我的女儿听过，她和我小时候一样，听了还想听。她是当作"从前"的一个故事来听的，就像我小时候，所以，她信以为当然，没有"为什么"可问。

对于我的问题，我家孃孃挺霸道，她说，反正人家就是这

样讲给她听的。

人家给她讲过的还有的故事说的是，我家嬢嬢那有名气的爸爸又有一次谁知道去哪里，总之，还是出门，还是有一匹可能骑可能牵的马儿。

这次的故事主要发生在他和他的马之间。那一天的某个时间，我家嬢嬢的爸爸和他的马儿来到一处左右都是悬崖峭壁的地方，主要是在他们的脚下有一道必须跨越的宽而阔的深涧。

彼时彼刻，马儿胆怯了，它停下来，低着头，发出压抑的嘶鸣。

我家嬢嬢站在马的角度，认为马儿这是为自己的胆怯感觉到了不好意思。但再不好意思，它也不敢朝前走。它也退不回去，道路窄得不容许它掉头。怎么办呢，我家嬢嬢说，她的爸爸有办法，其实是有力气，他躬下身，嗨的一声，干脆把马儿举起来，扛到了肩上，然后（下面是我用的词）一举步，就跨到了深涧的另一头。

这个故事也是要加上"从前"两个字才能让长大后的我信服的。我家嬢嬢却不以为然地答复我，就是这样的呀，人家说我家爸爸！

上面这两个故事讲的是我家嬢嬢的爸爸如何有力气和胆子的事迹，还有的讲的是他的聪明机智。

比如他钻在一块岩石下面，胳膊一弯，一枪就把一个正站在岩石上瞭望他踪迹的冤家打得栽了下来。

又说他为了穿过冤家控制的一个镇子，装成一个女人。还不是一般状态下的女人，是一个新娘。他让他的随从牵着他的马，自己骑在上面，招摇过市。他这么做的目的，我家孃孃说，完全是为了开他冤家的玩笑，说明他多么轻视他们。我家孃孃说，那些人果然气得跳脚。

毫无例外，这些故事也是人家讲给我家孃孃听的。

我家孃孃是遗腹子。

她所谓的"人家"几乎包括所有可能知道她父亲的长辈。这些人在她的成长过程里总很感慨地要讲起她父亲的故事来。

故事起处，他们总是说，你家爸爸是个有名气的人。

名气在我老家的彝人中，以我的见解来说，是一个最高级别的褒义词，兼具英勇、智谋、豪迈、骄傲，等等吧。有时候也拿来指那些所谓出身高贵的人。不过这个时候好像指的是他们的家族，比如说："哦，人家罗洪家，可有名气了！"

这里涵盖的有两个内容：其一，罗洪家指的是一个家支，相当于家族的意思吧；其二，罗洪家是黑彝。黑彝呢，说的是彝族社会里的一个等级，这个等级以血统来论的话，在彝人社会里称得上是贵族。而且不像人家外国，比如英国，女王要是高兴的话，可以赐给某个毫无家世的人一个爵位，那样的话，这个人摇身一变，自己成了贵族不说，惠泽下来的子孙也成了贵族的子遗。但是我们凉山的彝人社会不是这样的，贵族家支好像从有的那一天起就是固定的，比如上面我提到的罗洪家，还有吉狄家、阿侯家、瓦扎家，等等吧。也就是说，从来不会有某人因为超常的勇气和功绩而改变自己的社会身份的。

关于这一点，一个相对于黑彝的白彝子弟，虽然身份较低，你却可以成为有名气的人，并因此强大你的家族，使它也变得有名气起来。成为一个有名气的人后，一样也能获得社会广泛的倾慕与追捧。所以，要是一个人被称为有名气的人，凭的全是自己的单打独斗、个人英雄主义，不靠家支助力，那他真的是一个杰出的人了，比如我家孃孃的爸爸。

就是说，我家孃孃的爸爸的名气不是他的出身带给他的，因为明摆着的是，他是一个白彝。

且慢，且慢，即使一个白彝，也仍然可以是有名的。你可以借助你所属的白彝家支的势力。就是说，你所属的家支恰好很有势力，你一说，我啊是某某家的，听的人立刻肃然起敬，同时知道该请你坐哪个位置该杀牛还是猪还是羊还是鸡来招待你。这一点连黑彝，哪怕是有名气的也不例外。

但是话又说回来，即便你有很显赫的家支作后盾，如果你是个阿斗似的人物，那么再怎么着，人家也不会宰牛啊羊的来给你吃的。比如我知道的就有这么一个黑彝子弟，他穷得很，老婆都找不到，一年到头靠的是给有钱的白彝家干零活糊口，还尽让那些白彝姑娘取笑。有关这个黑彝子弟的故事也是我家孃孃讲给我听的。我知道他时，他是我们县政协养着的一个闲人。我家孃孃当时在那里工作。对此，她很有点自己的意见。她说，看那个笨东西懒家伙在那里晒太阳晒得高兴，还不是靠他的出身帮了忙。哼，她说，要是民主改革再晚几年，他一定饿死掉了。她就是这样说的。所以，关键的还是看自己。

我家孃孃的爸爸就是靠一己之力成就了自己的名气，确属厉害角色。

这不是说他所属的白彝家支，那姓达者的没有什么势力，有的。就是今天，你去凉山打听打听，马上会有这个那个人告诉你他或者他旁边的那个人就是这个家支的，如果你还有进一步的兴趣的话，你还会听到这个家支是如何有名气的，再就是它还有哪些有名气的人物。但是你也不要相信当这个家支某一位个体碰到天灾人祸时，家支会给予他多大的帮助，一切还得靠自己呀！这一点哪里都是一样的。

我家孃孃说，她的爷爷在她家爸爸才五岁的时候病死了，当时她的二爸三岁，三爸怀在她奶奶的肚子里。

这样的一个情形，成为一个人志气、奋斗进而成功的源泉，在我们的生活中不多见也不少见，反正很励志。有点例外的是，激发起我家嬢嬢的爸爸志气的是他的母亲。那个女子在丈夫去世时，按目下的潮流来说，还很年轻，只有二十三岁呢。

很多时候，我忍不住要拿自己生活的这个时代有关妇女的一般经验去想象九十年前的这位女人的生活，或者说她的梦想。这样一来，我就想，她在丈夫死后，坚持不肯被自己的小叔子收房，可能是因为她很讨厌生孩子，也因此她根本感受不到什么快乐，甚至十分厌恶。她十九岁结婚，二十三岁时，已经快是三个孩子的母亲了。在距离我们今天八九十年前，我想一个女人哪怕再有传统约束她，她所感到的生理痛苦和今天的我们也不会有太大的差别。但是对于她似乎是命中注定的。或者还有爱情呢？

不管怎么说，她打定主意就是不再嫁人了，即便她的娘家哥哥或者她夫家的长辈来劝来逼也决不从，要知道，在传统里，她还是娘家的一笔财富啊！她如此决绝，惹得所有和她有关联的人都大为不满，却也无可奈何！这就是我们信之然也的历史的偶然性——竟然，她就被允许自作主张了！最后他们说，管她的呢！那意思是说，即使她死了，他们也再不会去理睬她和她的三个孩子的。

而在八九十年前，来自亲人的帮助至关重要，否则你如何去面对艰辛的生活和复杂无助的人生呢？退一步说，你家的荞麦快要收割时，突然被一户欺软怕硬的人家抢先割了，那该怎么办？再有一点是万一你家的奴隶娃子——白彝也有奴隶娃子——趁着你家内乱的时机逃跑了呢，又怎么办呢？一家子孤儿寡母，在茫茫的大凉山上，除了抱头痛哭，还是抱头痛哭，所以得靠家支的力量啊。

这里的家支包含两方面的意思：既有夫家的也有娘家的。这也说明姻亲的重要性。从此出发，再去看旧社会门当户对的包办婚姻，起码在我是理解大人们的良苦用心的。

但是我家嬢嬢的奶奶的做法有所不同，她亲自打点上干粮，带上她的大儿子，也就是我家嬢嬢的爸爸——那时只有十岁——出发了。他们一同带上的还有那时候凉山上像样点儿的人家都有的长枪。不过只有一支，由我家嬢嬢的奶奶背着。

他们在山里头走了一夜，在露水还闪着夜色的早晨，直接将枪对准了抢割他家荞麦的人家。当时那一家的当家人正要去撒他在这一天的第一泡尿，他们就朝他轰了一枪。当然没有打中。我家嬢嬢的解释是不想打中，因为她奶奶的智慧就是不想打中，所谓冤家宜解不宜结，她正是这样考虑的。那一枪还真管用，不但把那个偷窃者吓住了，还引起了公愤。四面山上的人都很同情这个死了丈夫的寡妇。在凉山的彝人社会里，妇女是很受尊重和值得怜惜的，尤其是这么一个勇敢、坚毅的妇女。

等到他们家的娃子逃跑时，简直用不着我家嬢嬢的奶奶亲自去追了，第一个见着那逃跑娃子的人就将他抓来还给了他们。还执意不肯享用为了感谢他宰的一只山羊。

也可以说，我家嬢嬢的爸爸的名气是他的母亲带给他的。

这个年轻女人以后还有的故事连我家嬢嬢都不知道了。她倒也干脆，说，人家再没给她讲过什么了。她反问我，难道还不够吗，有关我奶奶的那些事迹？也是。

接下来再来讲她的爸爸。

等她再讲到她爸爸时，她爸爸已经是一个大大的有名气的人了。至于他如何混成一个有名气的人的，那不知道。总之，他的名气是因为他可以随意地出入土司家了。

有关这一点，不光是有口皆碑，县志和州志里都有记载。这个土司了得，不但有府邸，还有衙门，都在县城里。

尽管不知道我家嬢嬢的爸爸是如何混成一个按目下所说的成功人士的，但是一定和他的勇敢有关。我家嬢嬢说她的爸爸枪法可准了，连斑鸠的眼睛都能打瞎。可能正是凭着这一点，他开始发迹了。这和那时的军阀发家史有点雷同，且不去管它吧。等他通过人家的讲述出现在我家嬢嬢的视野里时，可能他已经是他所在的那个县的警备连或团的头目了。谁知道呢！或者不叫警备团、连的，叫什么呢，也许用了一个彝族的叫法吧。在那样远离核心社会的山区，即便是县城，也土得掉渣吧。不过，我家嬢嬢不这样看，依她说来，她的老家，她住过七年的县城和土司的宅子都漂亮得很。

她在这么讲给我听时，不像讲她的爸爸，是在鹦鹉学舌，她那是凭着记性在回溯她的童年。这个时候，她的眼睛亮闪闪的。我小时候和我家嬢嬢的关系处得并不十分好。顺便说一句，她是我的继母。但那一会会儿，我得说，我家嬢嬢好好看，她的眼睛并没有因为黑皮肤有所逊色，反而更黑了。她中年发福，成了胖人，但她的脸却没有因此鼓起来，我的那些表姐私下里说，这完全是因为土司家的血统使然。

以她们的看法，土司家的人都长着张窄条子脸，而且是有颧骨的。这后一点我家嬢嬢也不例外。当她怀有心事时，她的颧骨让她看上去有点凶，很不讨我的欢喜。能证明她有土司家血统的，似乎还有她的脖子，当然这在凉山的彝人社会也是美女的标志，这里的人喜欢有长而笔挺的脖子的女人。据说那个银制的颈牌就是为着将女人们的脖子撑长的。

我家嬢嬢在七岁以前住过的那个土司家的宅子运气不好，不像我成长的县城，到现在，那个当过国民党中将的土军阀的宅子还是当地的一景。县里合乎潮流的人士把它当作文物保护起来

了。在我小时候，那里做过县府的招待所，现在是县府所在，可见我们县的人对它的保护是一以贯之的。我家孃孃家的宅子却不同，等她在改革开放政策落实后回去一看，才发现她老家的人让她记忆里不可一世的家园成了仓库，归属于县粮食局。她看到的家园已全然不是记忆里的模样了。

她声称，她家的宅子有好几进院落。究竟好几进呢，她也说不清楚，只是说由她跑来跑去的，一个门进去，有海棠花，一个门进去又是樱桃花，然后梨花、桃花的。说起来，好像她家的各个院落好植单一品种的花树、果树！

还有好大的院坝，到了秋天，那些来自乡下的彝人会背来很多的苞谷黄豆荞麦堆在那里。她的母亲呢，那个土司老婆，其时丈夫已逝，叫女土司也无碍，坐在一把太师椅上，左手擎根水烟竿，右手呢，这时抓在当中的是把苞谷，且听她慢慢悠悠地说，今年雨水多足啊，怎么背来的苞谷这样瘪！

还有我家孃孃说，她家宅子的顶是望不着的，高得没影。又说那些飞檐和窗格子上都镂刻着鸟啊雀的、花啊草的，就像真的似的。可是等她过了一二十年回去一看，哪里有她记忆里的派头？烂朽朽的就剩些土墙和衰瓦了。

有关这一点，我忍不住纠正她，我说，那一定是她小孩子的记性出了毛病。

况且，凉山彝族社会定的性质是奴隶制，哪里来她说的那些豪华的宅院和收租的场面呢？我告诉她只有封建社会才有她记忆中的景象。

我在对她演讲时，还在上大学，书上的东西知道得比生活里的好像多一点，难免说得自己挺陶醉的。我家孃孃虽然当时在县党校当教员，但是认识的字恐怕没有我的一小半。总之，她被我说住了。当然她也不甘心，"鬼哦。"这是她的口头禅，她说，她家的百姓不但给她家送来粮食交租，到了果子成熟时、打着野物时，也会送来她家。

噢，我冷笑说，你以为你家是哪里呢，《红楼梦》里的贾家吗？她的家究竟和贾府有很大的距离，无法望其项背，所以她无话可说了。但她不服输，反而说我什么也不懂，不再和我啰唆了。

现在我的见识相对于当年宽泛了不少，我知道我家孃孃那来自生活中的知识是正确的。凉山并不就是铁板一块，在她广大的土地上确实存在靠收租吃饭的人家，即便彝族人家，比如我家孃孃的母亲家。要说该是封建社会了。

可是关于她的爸爸呢？这么一阵子，简直把他给忘了。

我家孃孃从来没见过他，因为等她生下来时，他已经不在人世间了。

前面说过我家嬢嬢是遗腹子。

所以，她在构筑父亲的形象时完全靠的是人家说的。不像对她母亲，起码她记忆里还存在过七年。她母亲是在她七岁那年病逝的。

如此一来，连我都不奇怪她对她爸爸的崇拜程度了。

不但她，那些给她讲她家爸爸故事的人也崇拜她爸爸。

这才有前面讲到的有关她爸爸的肚量和气力。

这一切的因由要我说的话，都源于我家嬢嬢的爸爸居然和土司的娘子（本身也出自土司家）出双入对多年，还生养了我家嬢嬢。按我家嬢嬢说来，不止她，还有一个叫七儿的儿子。

那我就问我家嬢嬢了，是不是说她的父母连带她总共生过八个孩子？她说不可能吧，七儿也许只是个叫法。她说她家爸爸和她母亲生活的年头不太长。究竟多长，老天，她说她也不知道。好像不再有人知道了。

众人知道的就是一个叫孚尔依楚的白彝男子因为本事了得，先是辅佐本地的土司打了很多的胜仗，然后在土司早逝后又娶了他的娘子，并且还生下了孩子。但是他们的运气不好，生了的儿子也死了。

这在1930年代是件极其悲痛的事，一个英勇、智慧的男子居然没有儿子，简直是不能容忍的。奇怪的是，我家嬢嬢的爸爸虽然不止土司娘子这一个妻子，但不要说儿子，连女儿都只有我家孃孃这一个。要不，都说我家孃孃的命硬。

不过，也可以归结为英雄固有的悲剧色彩，只管让人唏嘘吧，还算是名气使然吧。

就是说，如果我家孃孃的爸爸不曾帮一个土司打很多的胜仗，又不曾娶死了丈夫的土司娘子，发生在他身上的故事有谁去关心，还帮着渲染和杜撰呢？不会有人的。

在我家孃孃的爸爸生活的那个时代，从清雍正开始在云贵高原上进行的改土归流差不多已有二百年，要说土司制度的式微是必然的。但是我们那里地处偏僻，外面的新气象进不来，时间呢，对于那里的人来说，好像是静止的。就是之前的改朝换代，比如辛亥革命呀民国什么的，大家都不甚了然，要我看来听说的人都没有几个。他们信的人和事还是那些靠着自己的本领起家，又被皇帝老儿在谁知道几百年前封了官也即土司的人给自己创下的一片天地。这一点有土司家的那方皇帝给的大金印作凭据。谁要有异议，拿出来啪地盖个朱红的圆圈，皇帝封的官名，哪里的土司、土目即刻显现，好像皇帝的大军就要来剿灭地方似的，还不把那人的魂都吓掉了。所以说愚民呢。

可是愚民老儿不知道，连皇上都不想要那些在地方上由老子再儿子再孙子等渐次坐大的土司、土目了。为此，皇帝脑筋动了武力也动了，但在我的老家那样远离皇廷的山区，大有股撼山易撼土司难的劲头在里面。即使到了人民翻身得解放已然七十多年的这会儿，只要有千万分之一的可能，土司的男后裔还要张罗着去找个女后裔来结婚。

这是一方面。另一方面，我老家的彝人社会里，从来不少的就是英雄主义。具体到某一个人，可能他也是愚民，但他不缺乏吹捧英雄的精神头。或者他心中潜藏着的也有份英雄的激情呢。这样的人性造就出的环境里，只要有一点地位和勇敢精神的人都敢反问别人，未必你的脑壳比我的大啊！那意思竟有点人人生而平等的意味在里面。像我家孃孃的爸爸那样能够娶土司娘子做老婆的人物是很值得大家称羡和鼓吹的，一边还恨自己不能。

说到底，我们那里再偏远再信息不通，社会也总在变化着、前行着。其显而易见的变化是，百姓身份的白彝的势力有了强劲的增长，社会上呢，也已经有穷黑彝的说法了。以我家孃孃而言，虽然她的母亲是土司，但彝人的根子在父亲这一边，所以如果她爸爸不死，并且势头不减地发展到民主改革，可能会被划成奴隶主。那我家孃孃岂不是奴隶主的女儿了？但是我们知道，没有这种可能。另外，自她的母亲去世后，她的小姐生涯也结束了，而且很不幸地被卖给一家黑彝当童养媳去了。等到民主改革划分成分时，她反而被划成了奴隶，以孤儿和童养媳的身份。

新社会给我家孃孃带来的这个结果，她觉得挺满意的。客观来说，我也是。否则的话，谁知道她在哪处不通人烟的大山里消磨自己的生命呢！那种消磨对于她这样一个经历过童年幸福生活的人一定难挨。有意思的是，她的奴隶成分使她有了阶级义愤，去嘲笑那个在政协会生活的旧社会里已沦为穷人的黑彝。

其实我再仔细地想一想，我觉得她未必是出于阶级义愤，而完全是因为她有一个有名气的爸爸的缘故。

我家孃孃老了后，脾气圆融多了。可只要我玩笑着对她说，讲个你家爸爸大大有名的故事来听，她的腰板就一挺，眼睛连带肤色都会焕然如我们比喻春天呀鲜花呀这样的颜色和朝气，昂然道："我家爸爸……"

彝娘汉老子

多年前，我到云南出差，见到老朋友张宇光，说起各自可能的族源时，他坚称自己是彝人的后代，说他那来自南京的汉族先祖娶的是彝族女人，并称他家在云南的历史已在四代以上。

他长得那个样子，目算得上是深的，鼻子呢，好像带点鹰钩吧，皮肤倒是够黑黄的，要说是有点像。但他的胡子却络腮着，而且刮之不净，他也没打算让它们干净，这就说不上了，因为彝族的美男子是不要胡子的。我小的时候，常常看见彝族男子蹲在阳光下拔（不是刮）自己的胡子，有人竟用钝的指甲刀。这么过后，他们无论下巴颏还是上唇都显得十分光洁了。印象里，我见过的彝族男子也是不长络腮胡的。啊，有一个，那个外号叫马脑壳，打过一只狗熊的人，他就长的，却干净着。

我云南的这位朋友为自己血统里可能有的彝族先人自豪得很，他说当地有一句话就是用来形容他这号人的根根的：彝娘汉老子。

我是个敏感的人，马上问他，这话算污蔑吗？他说，不算。我就说，那你又何必去寻根究底呢，远在天边近在眼前，我就是彝娘汉老子的传人啊，还是第一代！

我的兄弟和妹妹也是。

有时候，尤其在我小时候，我觉得有这样出身的人很不容易，因为你的小伙伴在你得罪他们时会骂你是个杂交鬼，而要是你表现得比同龄人聪明点吧，连你的老师都会点评说，还是杂交品种优良啊！

事实并非如此。在我前后考上大学的学友当中，绝大多数都不具备我的出身特点。就是说，他们或者是适时显示出来的纯汉族，或者是纯彝族。像我这种出身的孩子在我生长的环境里并不多见，我的同学我的朋友的父母要不都是汉人要不都是彝族，很单纯，谁想要拿"杂交品种"这样的话来奚落甚至更糟心的话来骂他们都绝无可能。

所以我有什么优势呢？没有。既然没有，还要被小伙伴瞧不起，老师也视你为异类，确实不好受。

这样一来，我实际上是很羡慕那些看上去纯粹的人的。免不了，我也会下意识地去寻摸自己的同类，对经意不经意间听说的谁谁和我一样也是"杂交品种"，感到十分地安慰，无形间，还对他或她生出惺惺相惜的情感来。

那个时候的父母又最没有民主精神。比如我的父亲，我婆

婆总夸他是一个好人。所谓好人，和说我的姨孃们的丈夫其实是不一样的。我大姨二姨的丈夫都是彝族人，他们好与不好我长大后体会到是用不着去评价的，但我的父亲就很有必要让我婆婆去做鉴定了，因为谁让他是个汉族人，还是凉山以外的呢。

就是这样一个好人父亲，在我面临的问题上一点忙都不帮我，反而勃然大怒，简直没来由。现在我来回想他当时的表现虽然能够理解了，但仍然不能原谅他的态度。他那个样子，好像受伤害的是他似的。至于他当时的愤言怒语，我已经忘记了，只记得他气得乱跳，还踢了好几脚他时常坐在那里写材料的藤椅。他那时是区上的秘书，有的是公社报上来的或者下乡收集到的情况要他汇总整理再上报下传的。

还好像我父亲不能容忍的是我对"杂种"这个词的复述。其实我是不知道又因为感到其中的污蔑意味才专门向他讨教，并指望他去教训那样贬损我的某家兄弟。结果反而是我做错或说错什么了，这更让我糊涂不解，也犯怵，以后再有什么事也不愿意告诉他了。由此，我倒也明白了一点，"杂种"确实是个坏词，坏到了不能提及的地步，起码在我家。

其实，外面用这个词来互相怼的多的是。其恶毒性不是一般的。

可有一些长者，他们也拿这词来爱怜地呼喊某一家的小鬼，比如有一天我叫什么叔叔的我爸爸的一个朋友，他就拍着一个小男孩的脑袋怪亲热地称他"小杂种"。那孩子的父母都在场，他们居然都没发怒，我奇怪得无以复加。后来我想可能是那男孩的父母都是汉人的缘故才不计较的吧！

或者我爸爸他曾经为他的婚姻，两次的，后悔过？比如我们小时候，他和我继母吵架，吵得不可开交，也就是说基本吵不下去时，他就会甩手，一走了之。最主要的是把兜里的钥匙串哗啷啷地摔在地上，脸也红着脖子也粗着，嚷嚷着，再不和我继母这样不明事理的人瞎扯了，他要回老家去。

他的老家和陈毅元帅同在成都出去二三百公里的乐至县。这一点很是让他自豪。我父亲的自豪感有时挺没来由的，比如他不知从哪里读到司马迁因文字招祸而致后人改为冯、司、马等姓的故事，激动得呀无可言表，每一提及就感叹：哎呀，原来我们冯姓的老祖宗是司马迁呀！

等他年纪更大起来后，他想得最多的是回老家去钓鱼。我生长的喜德县有一条河，虽然不敢与长江比，但水至少要比黄河下游湍急吧。所以我还以为我父亲的老家也有这么一条河呢，结果没有，他是凭着水田钓的鱼。

他家乡的那个水田呀，我大学毕业后回去见识过，田埂起起伏伏，还窄，像我这样在凉山的山坡上跑惯的人，一不小心就会掉下去，淹了是小事，崴了脚脖子都有可能。那叮着人不放的细若麦芒的蚊子更别提了，同行的我哥哥简直被咬傻了，又嫌闷热，不动也一身黏汗，发誓说再不去我父亲的老家了，用的是"去"，而非"回"。其实那也是他的老家，但他不这样认为，他说，千好万好，不如在家好。他所谓的家，是凉山。

和我一样，那也是他第一次回父亲的老家。

"父亲的老家"，想不到原来我也是这样来看待这个问题的。

那么我母亲的老家呢？除了知道它在现在雅安地区的汉源县外，我还知道什么呢？知道我的外公，彝语叫阿普的，在我母亲极小的时候，因为和当地的汉族豪强羊仁安打冤家被打死了。再以后，他的弟弟、我的三外公一直想报这个仇，于是一年一年地打下来，其间还跑到省里去找刘文辉告过状，大概没有告下来，所以一年一年地打呢，直到1949年解放。

从这一点来看，我的外公们也称得上是有名气的人，尤其我的三外公。

我的三外公叫李明扬，"李"是从他的彝族姓氏"里里"借的音，可能是为了方便和当地的汉人打交道吧。

不过等我知道这一切时，我已经十六七岁了。那时我第一次见到了我的三阿普，他坐了十七八年的牢，刚平反，放了出来。而在我们之前的记忆里，他简直就是个空白。

他的个子真是异乎寻常地高大，鹰钩鼻显然，还眼眶隆起，目光深邃，和我们日常传颂的彝族美男子一模一样。然后我开始不断地听人讲，想当年他是如何如何有胆有识、文武双全。又听说他青年时代曾在成都读过华西大学，称得上彝语汉语兼擅的人士。

包括我的三外婆，我有记忆以来，她就驼着背，身子单薄，就那么一位小老太太，带着我的小舅舅，一直租住在当时的州府所在地昭觉某间屋脊与街道齐平、朝北的民房里，阴暗潮湿，还烟熏火燎，靠子女的接济和打马草卖钱为生。这时也有人来告诉我，说她是常土司家的女儿，我三外公娶她颇费功夫，抢亲的手段都用上了。但她并非弱女子，骑着飞奔的马儿，还能左右开弓，打枪。最是有一回，全家老幼被对手围堵在山上的碉堡里，三外公为找援手，从后山以绳索垂吊而下，单凭三外婆指挥着几个家丁，碉堡上下左右地跑跳、呐喊，这里打两枪那里再轰三枪，硬是等到三外公带回了后援。她那时正当青春，可我眼见到的她已然老妇，我这样生于20世纪60年代的人，最高的想象力也就是把她想成《红岩》里的双枪老太婆了。那也够我佩服的。

佩服，也荣耀，却消除不了我在身份上的纠结。又或者因为荣耀冲淡了一点，比较更年少时。唉，我的小心眼就是这样烦累！

可我爸爸从不会关心我那所谓的心。"心，"他可能还会嘲笑我，"小娃娃哪里有什么心！"就像更小的时候我们一说腰痛或酸时，做大人的我爸爸，他总是说："小娃娃哪里来的个腰。"既然没有腰，又怎么会痛呢？这就是大人安慰小孩的逻辑。所以和他说自己的苦恼等于是对牛弹琴。等我长大一点后，我发现有关这一个话题，我父亲感到的尴尬比我的要多得多，只是他是大人，不会像我似的，有不满就要说出来。他说不出来，闷在心里更难受。

一个小孩子觉得世界上最能帮助他解决问题的可能是自己的父母。我的母亲她要活着，我不知道她在安慰她的小孩子时的本领是不是会比我的父亲强。也许母亲的心比父亲的细致，她是能够感到我的苦恼的吧。可她在我五岁的时候病故了。

慢慢的，我也变得和我父亲似的不去追究这个问题了，但是我越来越敏感，我尽量不去招惹别的孩子，以免他们说出让我尴尬主要是羞惭的话来。如此一来，我在少年时期变得十分孤独。

另外，我对杂交水稻、杂交水果这类的词也提心吊胆的。现在那些卖水果的农民还用老词，比如他们就说："这杏子啊，是俺们用李子来杂交的，好吃着呢。"当然，他们也说嫁接。一听这话，我的神经就要短路一到两秒钟。"杂交"这个词真太阴暗了！更伤神的是，它还在我小得只有十岁时就在我的心里扎了根刺。这就是爱伦·坡所谓的"谁记得一切，谁就越感到沉重"的真实写照吧！

我的兄弟和妹妹在此问题上会有我这样的感受吗？我倒没问过他们，这不是我们的话题。

等我再年长一些，已经上了大学，又工作后，再去和我的父亲讨论这个问题，他的态度发生了显而易见的变化。就是说他愿意和我讨论了。他甚至不忌讳我问他人家是如何评价他的第二次婚姻的。很有趣的是，他的第二任妻子也是彝族。我就听见过人家对我说，你家爸爸才有意思呢，老是找彝族女人当老婆。

对于我的问题，我父亲好像豁达了，他说，他就像古时候那些戍守边关的士兵，到了边塞后，随着时光的推移，发现故乡离自己越来越远，也就不太去想它了。凉山很有资格被称作"内地的边疆"。

这个"远"，按我父亲的理解，不只因为路途和交通方面的原因，更因为回故乡的路靠的是金钱和荣誉堆砌的。要不怎么说衣锦还乡呢。而他这两者都不具备，就是说没有本领什么的吧。于是，只好在当地娶上个老婆过日子。

他这么说，我倒比小时候更好奇了，我问他，难道他娶彝族女子是因为如此的虚荣心在作祟吗？也不是，他说。到底什么意思呢，他不说了。

爱情肯定是有的。拿我母亲来说，所有见过我和我妹妹的人都说我们俩不如她漂亮。有一个老太太还进一步损我，怎么搞的，和你的妈妈比起来，你简直像从茅厕里钻出来的。她说得这样不礼貌，以至于她的儿子都听不下去了。但他是个懂得人生技巧的人，马上替他母亲打掩护，说他的妈妈是个幽默的老妇人。从我母亲和父亲的照片里也能看出来，我的母亲高大、美丽，她的眼神依我来看的话，也特具美女的忧伤。

没有什么比这个更让女儿自豪的了。

我的父亲在年轻时也很英俊。参军没多久便当了首长的警卫员，是那种文学作品里称作小鬼的人物。这种人不英俊也机机灵灵的。

1950年代解放军挺进凉山时，他在部队小兵里算有些文化的，在家乡跟他的二伯父读过三四年的之乎者也，初小初中都是自己考上的。后来差点考上空军，要不是他患有鼻窦炎。如果真那样的话，可能还会有个叫冯良的女孩或男孩。我父亲是一定会给他的某一个孩子取名叫冯良的，谁让他那样喜欢刘邦的谋臣张良的呢！

让我有点费解的是，他竟然喜欢三国时的小气鬼周瑜，他的另一个孩子的名字就来源于此。

因为鼻窦炎，我父亲没有考上空军。这令他遗憾了一辈子。连我在小时候也很替他遗憾的。当空军，不要说六十年前，就是现在也挺了不得的。

我还小的时候，有一个比我们大七八岁的姐姐，她的对象就是一个空军。这在我们当地几乎是不可能的。我们那里解放前在西昌就有一个小机场，解放后也一直在用，民用也军用着，但我们不知道，以为那个姐姐的对象是从成都那样飞机满天飞的大城市来的，神秘得很。一天，听说那个飞行员要来看自己的未婚妻，我们简直比她还要激动，都尾随着去到火车站想看个究竟。果然是空军啊，高大挺拔还眉朗眼亮。

很多时候我在大白天耽于幻想时，就老想以后也要找个空军来做男朋友。面上却和女伴们吹嘘，我家爸爸，要不是因为得了鼻窦炎，早就当空军去了。

隔了二十年后，其中的一个女伴把鼻窦炎换成了我母亲，说：冯良，当初你家爸爸要是没有和你家妈结婚，就当上空军了吧！听得我简直目瞪口呆。问她谁说的，回答说：你呀！

当然是她记错了，可她能把我父亲没当上空军的原因归结到我母亲头上，也足见我父母的结合在当地还是有一定影响的。

那个时候，六十年前吧，我们那个地方的汉人是把彝人叫成蛮子的。反过来也一样，彝人也看不起汉人，有一个词说的就是汉人："烂汉人"。

　　从北方开进来的解放大军也多是汉人，但他们对待彝人和旧时的汉族豪绅大不一样，给他们送粮送盐巴，连针啊线的都送，感动得那一个个彝人不知怎样来表达自己的心情了。

　　要知道他们一般住在比较汉人要高的山上，离商业等所谓的现代文明远而又远，手边想用根针用根线，或者买个盐巴，可难了，非得在星星还在黑天幕上时爬起来，抱上一只家养的鸡吆上一头猪或者砍上一背柴再摘上一兜子野果，走很长时间的下山路，其间还有的是河沟要蹚，终于来到一个汉人居住的镇子，用带来的东西换盐巴啊针啊线的。在做买卖时，多数时候他们都算不赢和他们交易的汉人，还常受骗，当然生气了。现在解放大军却无偿地把这些他们日常缺得不行的东西送到他们手上，能不觉得天变了，汉人也有不一样的啊。他们因此把解放大军称为新汉人。

　　我父亲就是这样的新汉人吧。

　　反正他确实给山上的彝人送过上面提到的那些东西。有时是奉命送，有时竟掏的是自家的腰包。他还买过小人书和笔什么的送给彝族孩子。可这并不是他娶我母亲的理由。不是这样的，那时他还不认识我母亲呢。他这样做更多的是在显示自己是新汉人，他的战友里有很多人都在争先恐后地这样做。

　　在这个过程里，我觉得他应该学点彝话的，但竟没有。他在凉山生活已然六十个年头还多，仍旧不会彝话。这简直是不能想象的。要知道，他一直是个最基层的干部，这样的干部在凉山，成天打交道的都是些山寨里的彝人。那些人里，少有懂汉话的。真不知道他在向他们宣传党的民族政策和县里区上的各项指令时，是如何做的。他的好几个朋友也是汉人，却满嘴的彝话，而他呢，还先后娶过两位彝族妻子。

免不了我要奇怪时，他就笑着说，哪里那么好学呢，也是一种语言呀！显然在敷衍我。

问他总能听懂的吧？家里家外都是这种语言环境啊！回答我说，大概能听个三分之一吧。简直让人不敢相信。但事实如此。

我想我父亲在别人说彝话时，如果不是有意识地将两个耳朵都捂起来的话，他不但能听，也能说的吧。他的这种状态和我经验里的异族那浪漫十分的爱情一点都不搭界。就是说他如果爱异族女子的话，他首先应该学会人家的话吧，否则怎么交流嘛！

我在西藏工作时曾碰到过这样的一位汉族男子，他在1950年代随人民解放军第十八集团军进西藏时才将二十岁，但已经是排级干部了。他的连队走到今天林芝地区的某一个村子时，他爱上了那里的一个藏族姑娘。后来他告诉我，当时他真是连命都拼了出去。他之拼命，并不是有阻挡他们的落后的社会势力，而是他为了得到那个藏族女孩子的芳心，拼命拼命地学藏语。

当然，在我父亲和我母亲进而继母的关系里都不存在语言隔阂，我母亲包括我的继母，她们从小就生活在彝汉杂居地区，彝话汉话，哪一种说起来都呱呱叫。

这仍然不是我父亲不通彝话的理由。不过这并没有影响他的两次婚姻。在我开始懂事时，我母亲已去世了，我也并不觉得彝话汉话对我的家庭有什么影响，我的继母在我们面前总说汉话。

我继母的汉话几乎听不到彝音，不像我那些彝族同学的妈妈。她们中的多数人在说汉话时，都带着浓极了的彝腔，表达也很成问题，老把谓语宾语搞混，彝语里刚好是宾语在前谓语在后。我的继母不这样。如果有口音的话，也是雷波一带的方音使然。那个地方靠近乐山，也隔着金沙江与云南相连，云南现代史上的两个大人物龙云和卢汉家都是从那里迁去的，到他们显赫时不超过三代，甚是了得。

我继母，我们叫她嬢嬢。

她也不少说彝话，比如和她政协的同事，那些老在院坝里晒太阳的前奴隶主后来的统战人士，还有她在县城的彝族朋友、极少的几个亲戚、赶场的彝族农民，偶然和我父亲吵嘴急火攻心，或者只有彝话能表达她的愤怒时，她也说彝话。看她的心情，有时她也教我们几句彝话。这时，她总要加上一句话：要是你们的亲妈活着也会教你们的。她的道理很简单，一句彝话不懂，算啥彝人！

为此，她不遗余力地教我家弟弟——她的亲儿子彝话。结果，我弟弟对彝话的认知和熟悉更多的是一些逗趣的句子和词。

好在她的继子——我家哥哥有所不同，他是满口的彝话。照我看来，在当地的彝人社区里还兼起着耆老的作用。我去探望他时，但逢什么红白事，总有人来找他商量如何如何的事。他们用彝话交流。

我家孃孃也常和我家哥哥说彝话。我们在场的话，不怕麻烦的还给我们翻译。

我哥哥十五岁前也不会彝话，听懂的程度和我差不了多少。他在十五岁时赶上推荐上中专的末班车，上了我们凉山州的师范学校，当时叫共产主义大学，简称凉山共大。毕业后被分派到了一个叫团结的彝族公社去当了小学教员。

那个地方离县城很远，在真正的大山里头，通汽车的吧，但我的印象里徒步的时间更多。

我哥哥工作时不到十八岁，虽然我家所在的县城也算不上是什么鱼米之乡，但对于一个几无见识的大少年来说，比起团结公社那样偏僻又物质匮乏又言语不通的地方已经算得上是天堂了。也可想而知他对那里的不适应了。记得很多年里他都在请我家爸爸把他调回来，哪怕是城郊的公社呢。这件事困扰了我们家很多年，因为我爸爸并不是一个"有本事"的人。

后来再谈及这件事时，我爸爸，主要是我家孃孃都说：也是因祸得福，你家哥哥我们想尽办法没调回来倒也好，学会了彝话，还精通得不行。

"精通"的含义里还包括我哥哥对彝族的很多规矩也很熟悉了。我继母碰到这方面的事时，比如该给某家去世的老人打几斤酒、送多少买牛的份子钱去吊唁他，反之给结婚的某家人送多少礼才显得既不寒碜又不炫耀什么的吧，就总说，该去问问你家哥哥！好像我哥哥是万事通似的。

我哥哥这个所谓的万事通，有时候也稀里糊涂的，比如我大伯去世后，他在悲痛之余，竟然给我那远在乐山的大妈打了一个电话，称不日将按彝族习惯，率领一批少数民族兄弟去吊祭大伯。这可把我大妈吓坏了，和我们做亲戚这么多年，她多少也听说了一些彝族的风俗，当即就失声叫道，可不要带你那些少数民族兄弟来。要来了，一会儿放鞭炮一会儿杀小猪儿吃的，公安局不找我，左邻右舍的也会抱怨我啊！再说我让他们在哪里休息呢。

很多年后，我哥哥说起此事还对我大妈略有微词：就怪大妈，胆小怕事，不然的话，我要带去了那些人，大伯的丧礼该多风光啊！他一点都没觉得我大伯他们都是汉人，汉人也自有他们的丧葬习俗啊。

有一年我带先生回凉山探亲，他是画画的，喜欢体验生活，正好碰上一家彝人办丧事，于是决定跟着去见识见识。

那家彝人住在距离县城五十公里以外的地方，先要坐成昆线上的火车，然后坐汽车，然后步行。

步行时景致就变得很有趣了，红土地漫山漫坡，靠飞机撒播和人力种植在上面的松树，那根根松针在山风里被阳光闪耀得银光烁烁，天在上午的晴空里够蓝，秋末纠结成球的云也够白。一行着装盛大的男女蜿蜒在山路上，神情并不着急。

他们确是死去那人的亲戚，但并非至亲。或者同姓，一个家支的人，或者姻亲里有和那死去的人同姓或也是姻亲的人。凉山彝人的亲戚就是这样盘根错节而枝繁叶茂的。在他们的前后，必定还有其他一群一群的奔丧的人。

和我哥哥一样，他们来自的地方可能更远，也可能更近。他们也都盛装在身。这一点要从两方面来看，一是女子，一身颜色鲜艳的百褶裙、荷叶帽或"瓦盖"（已婚妇女戴荷叶帽，姑娘顶"瓦盖"）、带袖或者不带袖必定绣满花边的黑衣服，颈项上还装饰得有镂花刻纹的银项牌；一是男子，他们倒不一定非要穿自己那宽裤腿窄袖口的衣服，只消披上能遮风挡雨的披风——

"擦尔瓦"就行了，我哥哥肯定就披了一件。他们的显眼处是某一位或两位三位带着枪的男子。枪也可能是一支手枪，也可能是一支步枪，手枪别在柔韧发亮的枪套里，步枪呢，枪管黑沁沁地探在空中。

这些枪可不是用来摆样子的，等临近村口时，它们会被一而再再而三地放响。到时候会有一个记数的人在那里记这一拨人放了多少枪，那一拨人又放了多少枪，统计出来后，葬礼上打杀的牛头就属于那个放枪最多的人。

那一次放枪最多的是我哥哥，牛头当然就归他了。他有权处置它，最大方的做法就是当场煮熟了和众人分食。

对此，我先生佩服极了。过了这么十来年，说起来，眼里还尽是一派崇敬，直夸我哥哥大气。

大气不大气且不论，反正我哥哥就是这样来参加葬礼的，所以吓坏我大妈也必然。

有时候我猜我大妈他们也是带着点吓坏的心情来看待我家的事的。至于对我爸爸的两次婚姻，更是如此吧。

我父亲和我大伯有很深厚的兄弟情义，我的母亲去世后，我大伯一直在经济上接济我们。我们小时候的某个阶段，我大妈还会在每一年的春节前给我们三兄妹各寄来一双她亲手纳制的布鞋。她当时在郊区的中学当老师，后来似乎还当过那个中学的党委书记一类的领导；又会持家，两个堂妹被她教育得通情达理，还会做很香的饭菜，真不知道她是怎样找出时间来为我们做那些鞋的。她给予我家最大的帮助是把我的妹妹从两岁抚养到五岁多，她的两个女儿一个比我妹妹大两岁，一个小半岁。现在我想我大妈为我们所做的那一切，她一贯的与人亲善是一个原因；另一个，我觉得她很有传统家庭的遗风，自视作为传统家庭的长媳，她对兄弟家的孩子是有责任的。

她受旧式教育长大，能这样来对待我们并不奇怪。也因此她从没把我们当作是"少数民族"——她就是这样来称呼汉族之外的我国其他民族的。不过，她却是这样来看待我的生母和继母的，常常说些"他们少数民族"这样的话，也不管听话的人是我这个有二分之一"少数民族"血统的人，当然她毫无恶意。反过来，我家姨孃们也经常会说"他们汉族"如何如何的，我呢，莫名其妙的，也要跟着受回惊、操回心。其实她们都是在就事说话，没什么用意。

说来说去，心病是我一个人在患着。

所以说呢，当彝族还是当汉族，这是个问题！

病故的老阿牛

老阿牛知道自己就快病死了。

荞麦饼子是冷的，里面还糅得有鸽子蛋大小的洋芋。它们是前一天晚饭时，老阿牛的小儿媳妇蒸的。老阿牛和他的小儿子住在一起。

老阿牛吃饼子吃得只剩一口时，老阿牛的胃好像猛然间被刺中了万把钢针，疼得老阿牛的鼻子尖、两鬓，还有额头都冒出黄豆玉米那样大小的汗珠。老阿牛周身透凉，嘴中爆发出他在这个世界上最后也是最惊骇的一声呼号："啊哟……"就后脑勺着地仰面跌倒，晕厥了。

老阿牛从三十五岁开始就隐隐作痛的胃，终于剧变成置他于死地的胃癌。

老阿牛发病到死亡这一过程，就像闪电似的，"嚓"的一下，快得异乎寻常。

当然，老阿牛一点也不想死，但是他也不怕死，他不肯咽最后一口气是因为他心中充满了不可解的遗憾，他怎么就才活了六十九岁，连七十都不够。他很平稳地睡在医院只有一张床的病危观察室里，缓缓地把蚕丝般的气吐出去又吸进来。他正是该享儿孙福的年龄。

老阿牛和务农的小儿子住在一起，他的另两个儿子格外有派头地在外面做人。老大在省里的社科院当研究员，专门搞彝族毕摩的研究；老二是县里一个什么局的局长。他们让老阿牛腰板直挺，说不出有多神气，他曲涅家代代都有叱咤风云的人物。他最爱权威性地将手在空中往下一压，以阻止别人的话题来大吹大擂他那戴眼镜、能唱招魂诗的长子和戴乌纱帽的次子。他说，他们给他背酒回来了，背的是五粮液和剑南春。像老阿牛这样的凉山彝人，你要相信，尽管天天有酒喝，但绝对不可能日日都是五粮液一类好而贵的酒，瓶装酒都有限，多的是从县贸易公司或者个体商店里买来的散酒，苞谷酿的。

此刻，他的儿子们就守在他的病床前，悄声地在商量着什么，嗡嗡的，像开满花的荞麦地里的蜂子。混响在其中的女声，是他两个女儿的。

她们长得美丽无比，除了她们早就去世的母亲外，她们算这面山上最漂亮的女人了。她们嫁去的人家，也都是世代有几分名气，还彼此知根知底，五代以内绝没有出过麻风病人，也没有带狐臭的兄弟姐妹的。

这两个女儿是同一天回来的，图方便，她们穿着一般的素净的出门服装，长衣长裤，只在深色的衬衣上套了件蓝底色绣花艳丽的坎肩。不过，她们这个年龄这个身份的全套彝装她们都随身带来了：黄一道蓝一道红一道又黑一道的百褶裙，黑色、绣着点花边的盘状帽，镶着羊羔毛的也绣得有花边的斜襟坎肩……至于银项牌、银手镯、琥珀耳环，应有尽有，等她们一样又一样地穿戴在身上后，按民歌唱的，怕是蜜蜂、蝴蝶都能招来。

这些服饰都是等着在她们父亲的丧礼上用来装扮自己的。

前天，淅淅沥沥地下了一夜的雨，像是个信号，她俩便同时取出全套装束，半睡半醒地，等候天亮。第二天早上，天地一洗，晴空万里，老阿牛仍然活得好好的，眼睛虽然照旧闭着，胸脯却起伏有致，很带劲，给人的感觉，好似冷不防他就能翻起身，吩咐身边的人牵马来，他要去山上嗒嗒地跑上一圈。

她们的男人也来了，都背着一支半自动步枪，斜挎在肩上的军用挎包里装着子弹。子弹多少各自捏在手里，当秘密藏着。在老阿牛的葬礼上，他们会心照不宣地比较谁家打的枪最多，像比赛。打得多的那一家，就在葬礼上赚足了面子，自己光彩不说，引来的还有众乡亲羡慕的眼光，有关他们的富有和势力的传说经年不衰。

并非只有他们两家在比试，老阿牛别的亲戚，他去世妻子的娘家也可能拔得头筹。

大家都在等着老阿牛死。

老阿牛心中很明白，他再也喝不成他的儿孙们孝敬的醇香清冽的酒了，也吃不成大块大块的坨坨肉了。他喝酒吃肉都远近闻名。他就要死了，这些酒这些肉，统统要被来参加他葬礼的数不清的人消受一空，当然，其中也有他们背来祭奠他的。

最后，他的儿女们会坐在一起，核算为他的丧事用去了多少头牛多少斤酒，所花费的钱由儿子们分摊，两个女儿代表婆家，各出一份不菲的赙金。不论男女，他们都会心平气和地拿出自己应该掏的那一份，那是他们的孝心，也是他们的面子。有一点毫无疑问，为老阿牛花出的钱财，肯定是上限到1955年民主改革，迄今三十几年来这面山上最多的一份。他希望他的儿女不要计较钱财，花得越多越好。总之，要气势宏大地把他打发到他要去的地方——祖地。

老阿牛十分想把这种愿望表达出来，他还想伸出瘦骨嶙峋、像鹰爪子似的手，有力地挥舞着，向他的儿女传递自己如此迫切的心愿。但环围在他跟前的这些人根本没有反应，他们正在议论昏睡了三天三夜的老阿牛到底死还是没死，是否就此合上了他张开了六十九年的双目，离开了这个他如此熟悉如此有趣也无趣的世界。在这以前，他们都说他还没有死，心脏跳得好有劲哦。至于说是不是脑死了，那不管，连他最有文化的在社科院当研究员的大儿子都坚持，爸爸身上只要还有点热气就还活着，我们就不能说他死了。

难道这一会会儿，他身上连点热气都没了吗？明明他还感觉得到他的儿女们的话语、动作，甚至表情呢。

突听得饱含着一泡眼泪的大女儿说："死了，我们的爸爸死了。"她的鼻子尖削，带点小鹰钩的意思；眼睛呢，越往后越细越长，还有点翘；脸颊平平，即使老了，也不会沟壑遍布的。她的妹妹也长成这样，不过比较她，小了一号。

大女儿的话刚落地，立在老阿牛头旁边的大儿子也肯定地宣布说，爸爸确实是死了。说完还握了握他的腕，全让他握在了手心。这个儿子一贯沉稳、踏实，大概用脑过度，有意奓了绺后脑勺的头发在头顶，以掩饰自己的英年秃顶。

得到老阿牛死去的消息后，哭声先从女人堆里响起来，她们拉长嗓子像唱悲歌似的哭，一开始就打动、感染了与老阿牛有关系的所有人的情绪。这些人大约有五百来号，黑压压地挤在病房的四周。这时是夜晚十一点的光景。

自老阿牛住进医院的那一刻，他们接到病危通知，就陆陆续续从四面八方赶来了。老阿牛在的这匹山，也是他们绝大多数人的老家，他们像鸟儿投巢一样，花了几天时间就全部飞了回来。

白天人少一些，一到傍晚，他们就慢慢地从县城的街上、某个亲戚的家里拥来了。每个人都抱着为老阿牛守夜的打算，所以都裹了件能避风御寒还挡雨的黑色披风。这披风，他们叫擦尔瓦，用山羊毛捻的线，纺织而成的。有些怕冷的人，还在里面加了层也是羊毛擀就的毡子。

在稀薄的暮光里，他们蹲在病房外的檐坎上、院坝里，黑黢黢的，像一个个边线不分明的三角形。他们说自己的事，也为老阿牛叹息，男的还抽烟，并把粗糙的烟叶产生的清口水用舌尖卷起来再射出去老远。不用说，多数人在白天是喝过酒的，在他们的气味所及的地方，都是呛人的已经腐蚀化的烟酒味。

他们连着好几个夜晚，一夜一夜地守着老阿牛，终于守到他死了。

这些人中有的身份有点可疑，严格地说，起码有七个是老阿牛和他的老婆之外的女人生下的孩子。年轻时候的老阿牛风流倜傥、无拘无束，像蒲公英似的，漫山遍野都敢撒他的种子。

不过，这一切，老阿牛都是瞒着他从土司家娶来的妻子干的。老阿牛的妻子是老阿牛在所有的女人里最觉得新鲜最想讨好的。那真是个非常出色，在这面山上响当当的女人。

老阿牛从来不肯承认他以武力抢了土司的女儿做老婆，他只说是娶的。事实却是土司家为此有三年多时间冲着他摆的都是一张冷脸，坚决不搭理他。到了第三年的尾巴上，土司家终于放下架子来找阿牛了，他们不说阿牛该补女儿的聘礼，只要求阿牛借给他们五十坨银子花，阿牛给了他们一百坨，还说这远远不够他老婆的身价，他说自己的老婆是无价之宝。

早就被朝廷抛弃的土司家几十年前就只剩一副空架子了。

那些一开始就哭哭啼啼、悲不自胜的女人中，不难想象，准有几个是年轻时候的阿牛的情人。她们聚在一块儿，摆谈的都是阿牛作为她的表哥或者相应的亲人时，总之，在统称为"小时候"曾经有过的一些可能的丰功伟绩。老阿牛这个表哥或者之类的亲情称呼，其实最有可能是她们的表亲甚至远房的表亲。这种关系的男女，在这面山上是可以通婚的。

有个叫果果的说，哥哥小时候摘桃子丢下来给我吃，突然有一颗丢在我的头上，破了，桃子汤汤流了我一脸，我哇地哭个没完，表哥马上像只猴子样地从树上滑下来抱住我的头摇啊摇的。

这个叫果果的一说完，便急急地哭了两声，一旁的女人也跟着擦眼抹泪，有些还呆呆地让小溪般的泪淌在脸上，不去揩。

她们这个说了那个说，大致是这些内容。其实，各自都藏着听话人能品出来的巧音：年轻时候的阿牛曾经对她或她，反正是自己，有过很亲切的意思。当年的阿牛十分让人想念。

但是阿牛怎么会得这种要命的病的呢？她们面面相觑，眼泪汪汪。

这时候，就传出了老阿牛死了的消息。

老阿牛知道他会死的。但是在他们前呼后拥，像星星捧出东方的月亮般地，把他抬回家的路上，他坚信自己没有死，他甚至睁开眼睛看见了黄色饱满升在中天的月亮，而且还有夜风嗖嗖地吹过他的额头，沁凉。他们用一大块白布蒙住他，可是一走出来，白布滑下去便露出了他的额头。

老阿牛太恨他们了。他本来是无所谓死的，他只要这些人表达的情感、做出来的一切令他满意，让他觉得他曲涅阿牛、曲涅家的面子大得可以包住天就行了。可现在他相信，他们完全不顾他的死活，没有一秒钟不在等着他死，他们厌烦他了。

今天一大早，像枚炮弹似的，绿色、斑驳的氧气瓶就被竖到他病房的门后了。那个一直照顾他的女护士狠心地拔掉了他的生命赖以寄托的一根透明的塑料管子，她说，没用了，病人根本就抗拒氧气的进入。

悬吊着的葡萄糖输液瓶也让她们拿走了。老阿牛入院的第一天，那个长了颗龅牙的女医生就起劲地抱怨过老阿牛漆黑的手背硬得像水牛皮，针都戳不进去。早上她在拔出输液针时，轻松地放走了老阿牛的生命气息。

实际上，老阿牛还有气。在这样的一个夜晚，从县城出来，走在他来去惯了的山路上，人声喧哗，男人在呵斥，女人在尖叫，他老阿牛就好像领着他们去打冤家。

老阿牛三十岁以前的日子过得逍逍遥遥，是这面山上彝人的旗子。

老阿牛做到这一步可真不容易，他们曲涅家从他的爷爷开始，就被他们家的冤家对头追得四处逃窜，像疲于奔命的兔子。后来曲涅家的女人说，也不知是不是这个原因，反正曲涅家的男人都长着兔子样的吃惊的凸眼珠。

也有一对凸眼珠的老阿牛在那个天锅底一般黑的冬夜里，被他的母亲生在他们奔逃的羊肠小道上。从此，他母亲再没怀过一胎，老阿牛成了曲涅家那一辈唯一的男丁。

老阿牛在他十岁时，就发誓要为曲涅家雪耻，要做这面山上脑壳最硬的人。真让他做到了，他把曲涅家世代斗下来的五个对头冲撞得片甲不留。最后一场恶战是在一条溪水的源头打的。

他们在各自踞守着的两面坡上互相用枪用箭对射了整整一天。先在山顶上呐喊助威的双方的妇女和小孩，到了傍晚，已经有人因为凄惨地哭自己死或伤了的亲人，哭哑了嗓子。

当晶亮的暮霭裹住他们的时候，两边的人马都冲下山坡，哦啊哦地在水边厮杀。他们的血喷进溪水里，几乎过了半年，喝这条溪水的人，称还能喝到血的腥味。

就在那里，老阿牛握着他亲手打制的锋利的砍柴刀，砍中了曲涅家最大的对头的屁股，那一瞬间，他正好掉头在往回逃。

老阿牛在这面山上打跑了自己的冤家仇人，不免踌躇满志、顾盼自得，待发号令之际，新的社会风气席卷了这面山。曾经算计过老阿牛、又被老阿牛算计得更惨的人，包括深受老阿牛欺压的想要扬眉吐气的人，哗啦啦，有一天站起来，比树木还多，一山都不止。他们软磨硬逼，折磨得老阿牛连狗屎吞上一口都毫无惭色。这时候，他们曲涅家善良如驯的凸眼珠又在老阿牛的眼眶里毕露无遗了。土司的女儿因此羞愤不已，咬紧牙关上吊死了。

老阿牛在他三十岁以后直至死亡之前几乎全部的时间里，都是人家说东他说东，人家说西他说西，他那一点点残存的骨气也在每天的晒太阳中被烤化了。

现在老阿牛还没有死，他们又想让他相信他已经死了。他像他自杀身亡的妻子那样，咬紧牙关，他听见自己腐败的牙齿甚

至有咯吱咯吱气壮山河的响声。这种感觉让并没有死亡、尚有一丝气息的老阿牛非常愉快，年轻的阿牛勇往直前的骄傲、荣耀在他的心中活生生地苏醒了，正激荡着。那时候，阿牛稍稍皱皱眉，千年的老林子也会号哭不止。

老阿牛决定向确信他已经死得硬邦邦的人们显示他的尊严和不屈，这是他今生最后的一次机会了。

他们把老阿牛安置在堂屋正中的灵床上。灵床硬得和石头没有区别，硌着老阿牛背上支棱的骨头，很痛。

老阿牛被他们放得仰面朝天，头周围的松枝，清香地扑打着他的鼻子。他们还给他盖了件白色的披毡，他一生都喜欢白色，这一点看来他们没有忘记。

这面山上的彝人最崇尚的是黑色，只有老阿牛偏好白色。这是老年阿牛唯一保持住的阿牛风范。

在灵床的一侧，这面山上名气最响当当的祭师，彝话叫毕摩，盘腿坐在蒲团上，摇着铜铃铛，低沉而有节奏地唱诵着来自白羊皮书上的悼亡经。

这位祭师还唱诵了老阿牛的赫赫声威和曲涅家强大的光荣过往，他说，老阿牛是天神的儿子。

老阿牛听着祭师喑哑的嗓子慢吞吞地讲述他的历史，就像讲一则英雄史诗，心中溢满了自豪，老阿牛好喜欢这套把戏，如同他挚爱的这面山一样。

他的两个虽然发体但仍然美丽的高大的女儿，率先直立在老阿牛视力可及的灵床边咿啊呀地哭了起来。她们左右手的五指或并或张，轻缓地在空中掠过，微微的风起，老阿牛都感觉得到——可她们居然也判定他咽气了。满屋子的人跟着他的两个女儿也在连唱带说加比画，哀哀地哭。

他的两个女儿全套服饰上身，荷叶帽、斜襟长褂、坎肩、百褶裙、绣花鞋、黑红黄绿、艳丽无比；手镯、戒指、耳环、项牌，银光熠熠。现在她们终于可以互相比试一下，谁更有派头更富有更漂亮了。

毫无疑问，她们的这身打扮都不是借的，曲涅家嫁出去的女儿从来不会借人家的行头来炫耀自己。

老阿牛的父亲去世时，他姐姐带着她男人家的人马一路哭过来，那装扮那派头比他的两个女儿还阔气。那时候，银子坨坨堆得山样的高。

老阿牛的姐姐骑了头白色的大马，她男人家大约来了二三百人。其中一半的男人，朝天鸣着枪，跟在他姐姐和姐夫的马屁股后面。曲涅家的男人反应得也极其迅速，所有带枪的男人都放了枪，山上的鸟儿因此跑了两年才重新返回故乡。

　　尽管如此，老阿牛的两个女儿还是让他赏心悦目，而且已经有奔丧的人陆陆续续从寨外的路上放着枪过来了。

　　在所有坐着站着的男人女人中，虽然有着装鲜艳如春的老阿牛的两个女儿，但是半数以上的人还是浓重的黑色衣装，在昏暗的灯光下，衬托出老阿牛盖在身上的白色披毡分外耀眼。

　　老阿牛笑着咧了咧嘴。

　　在给老阿牛换老衣时，老阿牛扬了扬胳膊，本来他还想发出鸽子一样的叫声的，但是力不从心，只有他的手摆动得非常有劲。

　　这一下，把满屋子的人都惊得鸦雀无声，老阿牛并没有像他们以为的那样：死了。

　　给老阿牛换老衣的外姓人盘加的下巴上，长着一绺焦黄的山羊胡子，翘巴巴的，扎得人很痒。正是他的胡子扎着了老阿牛的脸，老阿牛才如愿地挥了挥手，表达了他的这层意思：让盘加离他远点，他还不到穿老衣的时候。

　　盘加像摊猪屎，老阿牛想说的还有这句话。

　　当时盘加在给老阿牛穿第二套老衣，和已穿的一样，也是黑色的。穿完这套，盘加还要把配套的两件黑擦尔瓦和披毡裹在老阿牛的身上。那件白披毡已经被拿走了，看来他们绝不会打破惯例，让老阿牛裹件白披毡去见祖先的。

就在这时，盘加的胡子扎着了老阿牛的脸，老阿牛便有了以上的表示，老阿牛还睁开眼睛，横了盘加一眼。盘加张着嘴大大地后退了一步，那一步踩在身后老阿牛的大儿子的脚背上，疼得他正待叫出声，盘加已然回过头来，满面惊惶地鼓着他的眼睛说："阿牛他恨了我一眼。"

盘加以外，并没人看见老阿牛是否恨了他一眼，但是都看见老阿牛摆了一下手。老阿牛显得十分不耐烦，摆手的幅度也很大，就像在赶一只惹人厌的绿头苍蝇。

这些人呆若木鸡的神情，让老阿牛兴奋得嗦嗦发抖，干枯的脸上也泛起了湿润的潮红，他的心中涌动起无限的话要与他的儿女们说，自从他的妻子上吊后，他一直在他们面前抬不起头来。他就像太阳偏西投在地上的影子，热力没有了，冷漠孤寂。

在他的后半生，他做了件最符合自己心意的事，那就是在他平反摘帽、又当选为县政协的委员时，他拒绝了，他说去政协会的院坝里晒太阳，还不如在我的这面山上晒。

他还没有来得及启齿说话，他的儿女们就张开双臂，扑到他身上，又是摸又是捏的，没有错，他们在急切地呼喊他：阿爸阿爸……

但是他们在摸完喊完后，依旧一脸的麻木，让老阿牛十分泄气。老阿牛看得出来，他们的意思是他老阿牛已经死亡了，他的身体没有弹性，梆硬。

这时候，老阿牛听见了另外的说法。有两个人同时说，他们看见有只猫从老阿牛的头上一蹿而过。他们说得结结巴巴，前言不搭后语，一个说是白猫，一个说是黑猫。不过，他们都坚持说，他们看见的是一只猫。

那个吧啦吧啦，嘴巴从来不歇气的祭师暂时失语，好像在琢磨什么，他的脑袋里似有根特别的弦，一旦动起来，快如疾风。

在他决定重张金口时，他先要求把外边正在屠宰的牲口拉走。那里，有十几个人在对付数以十计的牛羊猪，其中以猪的叫声最吓人。它们那种叫法，就好像人类是用刀子在它们的身体里搅动似的。

祭师说："拖开它们，叫唤得冲了祖先。"

说着，祭师转动着蒙了一层灰色翳子的眼珠，这里看看那里瞧瞧，其实他正在长白内障，看也白看，可一般人不知道，反而觉得那对失神的眼睛很执着，无疑，它们确是双洞察秋毫的慧眼。

祭师证实说，那两人眼见的一蹿而过的猫，他也看见了。

他说，那是一只皮毛黑白相间、眼珠棕黄的猫，可以说是只极其普通的家猫。又说，那只猫在跑过老阿牛的头部时，给老阿牛过了一次电。

不是灯的电，祭师仰起头，指指头上的电灯泡。是冷电，他说，是猫身上都有的冷电，可以激得死人弹坐起来，还会胳膊、腿直直地抬起、落下，就像小孩子耍的那种上了发条的玩具。有时候死人还会流露出龇牙咧嘴的笑来。

对于祭师的解释，连研究社会科学兼通自然科学的老阿牛的大儿子似乎也很信服。

众人松了口气，互相看看，男人该忙什么继续忙，女人们又一起哭唱起来。

盘加却坚持己见，他说老阿牛还活着，他要求给老阿牛灌三碗人参汤试试，他说："你们给阿牛喝了，阿牛他就会坐起来和我们大家吹牛的。"

祭师说："什么，你想找鬼上身啊？"盘加目光闪烁，到底有点怕祭师说的鬼上身，但仍硬着头皮看着祭师渐渐生怒的脸说：

"你试试给阿牛喝碗人参汤，哪怕是姜汤也行啊！"

祭师再次闭目无语，盘加继续说："阿牛他恨了我一眼，"说着，大拇指和二拇指迅速地做了个开合的动作，有点得意地宣称，"就是这样的，我看得清清楚楚。"

巫师睁开眼，不悦地真的恨了盘加一眼，但是他表示自己

可以帮帮盘加，把他从迷雾般的鬼魂圈里拯救出来，说：

"你，盘加，此时此刻，两眼发黑，神志迷乱。"

祭师吩咐他助手端来半碗清水，再加上一枚鸡蛋。

他先将鸡蛋举过头顶，原地踏步一周，再将蛋完整地打在清水里，蛋清蛋黄轻漾。他打蛋的技术十分高超，蛋壳几乎不见碎裂地平均成两半，他捡起其中的一块儿，缓缓地拨拉着蛋黄，嘴里念念有词。

随后，祭师宣布说，老阿牛确实过世了。他说，老阿牛的魂已经离开这面山，正在飞往祖灵地，迫不及待地，飞得好快啊，都看得见祖灵地那满天满地、艳艳的红桃花了。

可因为盘加的干扰，老阿牛的魂非常恼怒，它说，有人碰了它的脚，它现在脚痛得很，想在嘀咕它的那人的肩上歇一歇。

祭师传达出来的鬼魂的威胁太恐怖了，盘加当即吓得面如土色。这面山上的彝人最惧怕的就是死者的灵魂驻在自己的肩上作祟了。

但盘加在祭师同意送走老阿牛的灵魂后，仍然不肯给老阿牛穿老衣。

老阿牛对祭师的说辞极端不满，他知道自己的灵魂绝不会离开这面山的。

他当初没有像他倔强的妻子似的，跑到一棵树下去吊死，就是因为他太热爱他的这面山了。他不再担心自己死后的清冷了，这么一天下来，儿女们的表现让他很称心，他们给足了他面子，为他操持的相送仪式盛大、庄重。等他死后，他的儿女们一定会辞退眼前这个自以为是的祭师，另请名气大、本领高强的祭师来为他扎制灵牌，把他放在层叠搭起的青枫木松木上，点燃火，让他的灵魂随着那轻扬的青烟飞升的。

另请的祭师肯定和他心心相通，明白他传递出的意念，绝不会强引他的魂离开这面山的。当然，他可以分一半灵魂去那开满艳红桃花的祖灵地，和他的视辈们团聚。他断定另请的祭师不会难为他的。他，老阿牛，生生死死都在这面山上。

之前停止宰杀了的牲口，现在又痛叫起来，还是以猪的叫声最瘆人。远远近近放着枪的人，依然络绎不断。老阿牛很满意有如此多的人来送他。

但是，老阿牛仍旧不打算就此了结，他想他至少要再拖上两天才真正死去。在这两天里，不停地下着雨。这面山上，冬天下雪。

一个苏尼

　　我知道这里的苏尼，就是住在两座山相连的缝缝里的那一个。

　　这个苏尼姓吉胡，名叫瓦铁。

　　苏尼要是翻译成汉话，说白了就是跳大神捉鬼的，直接呼作巫师也没问题。这种人似乎具备某种先天的，或者祖传的感应力，能够用他们的肩膀，承担起孱弱的人类和神威的上天之间的联系。有时候他们有点像脸上搽了两坨大红胭脂的媒婆，拼命地在上天和人类两方来回奔波，向上传递消息，向下安抚人心，在这过程中，经常会激动得浑身打战、遍体流汗。

　　我知道的这个苏尼吉胡瓦铁，十五岁时就当上了苏尼，也可以说是被推上了苏尼的位置。

　　他的父亲是很有名气的苏尼，有一天出远门去帮那惹家捉鬼，走了三分之一的路，走得稳稳当当的，却突然跌倒在一块支棱的石头尖上，跌死了。从此，我们这片地方就再没出过一个像样的苏尼。

吉胡瓦铁在从事他家祖传的行当方面不很够格，我的意思是说，他和一般人相比，毫无差别，甚至更平凡，或者说，有点傻里傻气的。在他正经被称作苏尼的那些年月里，他身为苏尼的大部分小小不言的失误都被当作我们对他父亲的感激、敬仰而包容和谅解了。

后来就民主改革了。

民改以后，吉胡瓦铁就在他家住的那个寨子里当农民，偶尔也会砍上一捆山柴或者抱上一只家养的鸡，走上十几里的山路，去县城的集市上做点小买卖，带回家去的是盐巴火柴针线之类的日用品。

吉胡瓦铁外出时总拄根拐棍，拐棍是青枫木做的，质地坚硬，一看就有名堂，传自他的父亲，颜色完全变成棕黑色的了，还油腻腻的。可能有裂缝，在那个位置特别包着截白铁皮，大概三寸宽。

这根拐棍，吉胡瓦铁的态度如何看不出来，对他来说，可能就是一根辅助他行走的工具。可我们这片地方那些上了年纪的人不这样看，他们认为这根拐棍很神奇，起码在瓦铁他爸爸吉胡失哈的手上，就像魔棍一样。同时，他们也很乐意举出不少事例来证明吉胡失哈的智慧。比如1940年贾比家和若果家为争一个汉

人娃子大打出手的事。

1940年夏天的某一天，贾比家那个最漂亮的婆孃，带着五六个保镖下山来县城赶场。在县城唯一那条赶场当日人声鼎沸、花团锦簇的街上，遭到当地汉族恶霸张金生的调戏。

贾比家的婆孃从来就不是好惹的，也怪张金生瞎了他的狗眼，当即就被甩了一个耳光，啪地响过后，脸上立显五个指印。这就好像一个信号，尾随着她的保镖一哄而上，和张金生的保镖展开了激烈的拳击加摔跤战。一时间，那段街面上，尘土卷裹着鸡飞狗跳、人号马叫，一片混乱。张金生眼见事态失控，急忙抽出手枪，冲天上来了两响，趁众人的一个愣怔，便把贾比家那个最漂亮的婆孃抢走了。

贾比家人多势众，当年在我们这片地方可显赫了，说他们能呼风唤雨也不为过。

张金生抢那个婆孃时，确实是瞎了他的狗眼，一经搞明白，就吓得出了身冷汗，一边毕恭毕敬地把那婆孃奉为上宾，一边差人火速去给贾比家送信，表示愿意花上银子坨坨买上五个娃子给贾比家赔罪。

其实，他哪里是买的娃子，是带着手下的凶徒掩藏在路边的密林里抢来的旅人。

这五人中的一个在去往贾比家的半路上，很机智地闪在山路边一蓬长势茂盛、结满了果实的刺梨丛中，本欲被发觉时，假托解手的，结果，如愿以偿地混过了押送者的眼目。

这人以为全凭自己的聪明重新获得了自由，却不知螳螂捕蝉黄雀在后，正大摇大摆地循着原路要返回到祖祖辈辈生活的地方时，不幸从一面陡坡上，哗啦啦，溜下来两个若果家背枪的人，照旧把他抢了去，要改变他的命运，让他当奴隶娃子。

贾比家兴高采烈地把人押回去一点数，发现丢了一个，马上顺着来路往回搜，早就不见了人影。

第二天打听到被若果家捡便宜捉去了，便派人去索要。若果家自然不肯交还，他们已经让那个娃子推开了磨，碾已经收获的早荞。

贾比家一听回话，顿时怒从心头起，直抵头顶，摩拳擦掌，决定以武力相胁，不把那娃子抢回来誓不罢休。

等贾比家呐喊着冲到若果家的地界时，若果家已经摆好了阵势。

那时候山上都是合抱粗的林木，只在缓坡上种了些苞谷和荞子。没有林木的地方，便是灰白色的石头和红色的泥土。

双方先绷紧弦，保持对峙，各出来一位受敬重的老者对话，互相晓明是非、通告利害，当然很不投机，还越说越冒火，最后腾的一下，怒火冲天高万丈，各自回招一下手，两边骁勇、战斗力强的青壮年便同时大吼一声，举着刀矛冲上前来，绞在一起拼杀开了。乒乒乓乓，有限的几杆枪也乱放开了。

这场械斗，贾比家轻伤数人，若果家比较倒霉，受伤的比贾比家多了两倍不说，有一个还命在旦夕。

若果家本来就有点怯贾比家，战事如此不堪，自然有心求和，放还那个娃子。但不则一声，简单服输，太丢面子，毕竟自家损失更重，贾比家也得有所表示吧。于是，就派家支中最德高望重、白发飘飘的若果阿比去谈判，从天亮谈到天黑，牛都宰来吃了两头，还是各执一端，若果家想找个台阶下越发困难了；贾比家呢，让若果家废话少说，立刻放娃子，不然的话，就要把若果家杀个人仰马翻、寸草不留。

到了这时候，苏尼吉胡失哈就该出场了。

吉胡失哈取公平原则，挑贾比家和若果家的中间地界，一块荞麦地，在一条中间线上，给贾比和若果两家判定取舍，已经没必要拉扯是非了。

几百号人马突入其中，正盛开着的红灿灿的荞花，被踩踏得零乱如泥。

吉胡失哈车转身子，一会儿面向贾比家，一会儿面向若果家，两家都是黑头黑脸黑衣服、带刀挂矛的壮汉。他宣布说，那娃子的身上藏着一个鬼，恶得很，闻见活人的气气就撕咬。正是恶鬼作怪，才引起了这场根本就不可能发生的械斗。人人都知道，贾比、若果两家世代通婚，从未反过目。他警告说，如果不马上捉住那个鬼，贾比、若果两家在最近的十年里会渐渐地烟消云散。他还明确指出，某月某天，贾比家先死十头健壮的黄牛，然后若果家也会死同样数字的牛，再然后死的就不单单是牲畜了，人的生命也会像山里的虫子一样，随着冬天的来临，一个挨一个地死光光。

只有他，吉胡失哈才能够解除即将降临在贾比、若果两家的巨大祸害。

他请求若果家把那个娃子绑了来。

那个娃子由两名若果家的战士推到场地中央，在八月明亮的阳光下脸色焦黄，一派死气。在此后的过程里，他似瘫非瘫，听任苏尼吉胡失哈随意摆布。

当吉胡失哈平举起他的那根拐棍时，坡地上鸦雀无声，静得能听见彼此的呼吸声。吉胡失哈指向南方的拐棍大约坚持了十分钟，然后缓缓移动，直至对准那个娃子。随即，吉胡失哈好像被什么击中似的，噉地惨叫一声，浑身再一颤，像筛糠，抖得不亦乐乎。即便如此，仍能保持住手中的拐棍不致乱晃、歪斜，确实功夫了得。

在吉胡失哈连续的惊颤的尖叫中，夹杂进犹如婴儿小声小气、细碎的哭声。凝神听去，那如婴儿的哭声竟出自吉胡失哈指向惹事娃子的拐棍端头。

按吉胡失哈的说法，婴儿的哭声实际来自惹事的娃子，那是鬼发出来的阴沉的叫声，一般人听来却像婴儿的哭声，好在他已经将那只鬼吸在拐棍头上了。

吉胡失哈说，藏在汉人娃子身上的鬼是这样的，他用手比画了一下大小，大概有一拃长，他告诉大家，这个鬼没有骨头，软软的可以缩成一个球。鬼的头上，瞪着两只老鼠似的烁烁的眼珠子。

在拐棍发出婴儿的细弱的哭声后，吉胡失哈战栗着慢慢地移开了拐棍，从汉人娃子的身上，婴儿的哭声跟着吉胡失哈的移动，依旧响在拐棍的顶端。

贾比和若果两家围观的人，这时才被惊唬住了，一下各往身后跳出去三五米远。其间，你踩了我脚，我踢了你腿，都忍着，或者惊怕之下毫无感觉，反正没有人作声呼痛。

吉胡失哈将有婴儿哭声的拐棍指向南面的山尖，端正地，并大声地念诵咒语，请求上天把鬼收回去，让我们大家依旧沐浴在清朗太阳的照耀下。

在吉胡失哈最后一个音节落地的同时，婴儿的哭声也戛然而止。吉胡失哈轰然倒在地上，满嘴白沫突突地涌出来，两眼毕张，有如死鱼。

贾比、若果两家由此平息了怒火，一致决定，将鬼附身的娃子送给吉胡失哈。

吉胡失哈一死，那根跟着他叱咤风云几十年的魔棍，传到他儿子吉胡瓦铁的手中就不灵了。

吉胡瓦铁从来没有用过那根魔棍，他真的只是把它当作拐棍来拄的。

吉胡瓦铁的长相完全不像吉胡家的人，谁也闹不清他怎么会长得圆头圆脑轮廓模糊的。他的眼睛滑稽地陷在皮肉过厚的眼睑里，似笑非笑、似忧非忧。最绝的是他的鼻子，在抽动时，还会连带下颌上下左右乱动。

就是这样一个儿子，在十五岁时，因为父亲早逝，过早地担当起了苏尼的重任。

尽管苏尼并不一定非是祖传的，那些我们看来神经过敏、情绪反复不定、行为怪诞的人也完全可以充当，但是我们这片地方却非吉胡瓦铁莫属，因为其他的居民都正常得只会看定脚尖走路，他呢，毕竟是神巫吉胡失哈的独生子啊。

有一点可以肯定的是，吉胡失哈根本不喜欢他的这个儿子，他在等待他的妻子给他生第二个儿子的时候不幸跌死了。他是从一个倾斜成七十度的坡上滚落下去的。他手中的魔棍没有拄到地方，拄空了，人也跟着一踉跄，朝前栽在斜坡上，还翻滚。

那是一个冬天的早上，寒冷的雾气立刻罩住了他，白蒙蒙的。

如果没有坡底那块尖利的石头，吉胡失哈也不可能一下就死了。他滚下去，头正好撞在那块石头的棱角上，立刻撞出一个洞来，等有人在那条没有流水的沟底发现他时，他早就咽气，身体都硬了。

他的妻子在听说他的死讯后，失去了已经孕育了五个月的胎儿，胎儿的性别果然如吉胡失哈预测的：男性。

这件事十分奇特，引起很大范围的惊讶。当然并不是吉胡失哈的妻子流产了，关键是吉胡家的世代单传。这个不怎么样的遗传，连特具无限神通的吉胡失哈也没能打破。

吉胡家每一代都是生了一个男孩后，余下再生一百个也是女儿。吉胡瓦铁是吉胡失哈的头生儿子，自他往后，又生了五个，都是女儿。眼看快要再来个儿子了，又因为吉胡失哈的突然死亡成了泡影。

噩耗传来时，吉胡失哈的妻子阿呷正偎着正屋当中的火塘边烤火，烤的是干柴直接架起烧的明火。烟很大，报信人进来时，阿呷被烟子熏得眼泪汪汪的。

报信人很不懂事，或者为了报信，他赤着脚跑了十五里的山路，冬天的劲风吹昏了他的脑袋，一进门张口就说，苏尼吉胡失哈摔死了。说毕，迫不及待地挨近火塘，嘴里发出呵哧呵哧的声音，好像在驱赶寒气。

阿呷眯起烟红的眼睛傻哈哈地看着报信人，两只探在火塘边上烤着的手并没有因此收回来。一阵猛烈的腹痛在那一瞬间发作了，阿呷痛得死去活来。后来阿呷形容她的腹痛时，用了"铁耙子在肚子里抓挠"这样的比喻。

按习俗，吉胡失哈家没有结婚的兄弟，随便哪一个，大可以把阿呷收入房中的，可他们都计较她曾经的身份：苏尼吉胡失哈的老婆，觉得这样的女人命硬得很，惹不得，万一妨到谁了呢，没一人敢出头，阿呷好像也乐得当寡妇，自己带着六个娃儿过得也比较随心。

吉胡失哈死后，大家都说，那个被吉胡失哈收伏的鬼挣脱束缚，又回到业已划归吉胡家所有的那个汉娃子身上了。

那娃子当时已经和吉胡失哈的一个女娃子生了一个小女娃子了。

流产后，阿呷肯定地说，在她疼得不能忍耐，翻倒在地时，她瞄见那个汉娃子从她的身边，要不就是头顶掠过，和阿呷同在一起的报信人却声称：我怎么没看见。

报信人说啥不管用，当时，立刻就在吉胡失哈家门口的平坝上举行了一个由吉胡瓦铁主持的捉鬼法事。

吉胡瓦铁跳来蹦去，好半天都没有神灵附体，从他爹那里学来的三爪两脚很快也摆弄完了，汗倒是如水般地淌啊流的，脚下的干泥巴都给打湿了，一点用没起，反而过后的三十天里，先从他家的羊死起，陆续死了三四十只，然后是牛，四五头转眼就没了。吉胡瓦铁的一个妹妹有天到山上去砍柴，从不知哪里莫名其妙地掉下来一颗石子，砸在她的太阳穴上，竟把她砸死了。

这一系列的事故带来了极大的恐慌，同时也证明吉胡失哈的神通力并没有附上吉胡瓦铁的身体，也就是说，吉胡瓦铁根本就捉不住鬼，反而被鬼戏弄了一番。

最终，阿呷只好走去离我们这里相当一段路程的地方，请吉胡失哈也是苏尼的好友，带走那个藏着鬼的娃子。

那娃子走的那天非常凄凉。清晨，天空飘下一些潮湿的雪，四面山上的松树柏树黑一块白一块的，那娃子跟在吉胡失哈好友的身后，一步一回头，看着他的妻子和女儿越变越小的身影，哭着走了。在他们身后，烧起了很大的九堆篝火，这是断了鬼的回头路。

吉胡瓦铁是民主改革后才结的婚，他结婚时快三十岁了。民改时给他定的成分是奴隶。

吉胡失哈一死，真正断了吉胡家的财源，又加上恶鬼作祟，霎时间人死畜亡，损耗不少，吉胡瓦铁又操不起苏尼的行当，只得坐吃山空，一天天看着家道衰落、家运无着。民改前夕，吉胡瓦铁只能租贾比家的地种了，成天当牛做马，自己填不饱肚子，还要养活几个妹妹和病恹恹的母亲，哪里顾得上娶妻生子，又有谁肯把女儿嫁给他呢？

那汉娃子一去不复返，留下的女儿阿佳却慢慢长大了，十七岁时，和年长自己差不多十岁的吉胡瓦铁成婚。

按照风俗，婚礼以后，吉胡瓦铁的妻子阿佳在娘家居留期间，也就是在和吉胡瓦铁除了一份彩礼别无瓜葛的个人生活期间，差点跟人跑了。只是因为就挨着吉胡家住着，和吉胡瓦铁朝夕相处，某一天终于怀了孕，才心死情绝，搬到吉胡家正式和吉胡瓦铁过上了日子。

吉胡家世代单传的遗传因子也出现在阿佳身上，阿佳自从生了儿子吉胡木呷后，一个接一个生的都是女儿。直到有一天阿佳再也生不出孩子来了，共得了七个女儿。

像吉胡木呷这样的人，就更不知道也不关心他爷爷吉胡失哈曾经有的多么威风的过往了。

20世纪六七十年代，他穿着当时我们那里最时髦不过的黄军裤蓝中山装，还在上衣的领口上缝了一条月白色的针织护领，叼着一支烟，来来往往于我们县城的街道，想的都是如何如何出来当一个吃公家饭的人。

他后来真的有了工作，在县财政局做很普通的干部。当然也结了婚，讲究响应党的号召，连政策允许的第二胎也没要。他生了个儿子。

吉胡木呷不时会贴补一点家用，但毛毛雨都不算，老家的生活还得靠他老爸吉胡瓦铁苦煞苦做。

吉胡瓦铁在公社化时期，干活不讲价钱就知道卖傻力气；平均挣得八分工分，他老婆能挣到四五分，吃饭的嘴巴，就是木呷工作后也有九张；几个上学的女儿，只要读得起走，他都想她们读下去，学费钱他尽量给攒着。这样一来，还不就吃了上顿没下顿，一年四季吃的都是洋芋，偶尔吃到的荞麦面或苞谷面馍馍也糁得有洋芋，少有肉腥，全靠圆根萝卜做的酸菜汤送食。

这样的生活压垮了吉胡瓦铁，他走路都像是影子飘过，幸好他常年负重，需要上山砍柴再背回来，或者背到县城去卖，还要背粪，背收获的洋芋、荞子、苞谷穗，不然的话，有心拿他开玩笑的人说，他轻飘飘的，飘到云端、飘到山崖下都没人晓得。也不知道吉胡瓦铁听到过这话没有。他流露在脸上的神情淡淡的，陷在肥厚的眼皮里的眼睛呢，本应该是忧愁的，看上去却像是在笑。

不久，发生了一件让吉胡瓦铁丢面子的事，他偷了生产队的七颗洋芋。

未必算得上是偷，正好生产队的洋芋堆在他需要经过的那条路上，他就顺手拿了七颗。但逮着他的人说，这就是偷，他也只好认了。

他们都知道他生活困难，难以糊口，可那年头，谁家的日子也不好过呀，怎么他就长三只手，多了一只扒手呢？这些洋芋可是生产队老少几百口人过冬的粮食啊！这些话他们当着他的面，都是用眼神说出来的，并没有太呵斥他，只是命令他将背篼里的洋芋还给生产队。他们的这种态度已经很客气了。

吉胡瓦铁感到很羞耻，他回到家在锅庄边直躺了三天三夜，水米不沾，都把苦命的阿佳急哭了。阿佳以为比自己大十岁的吉胡瓦铁就要离开她去见祖先了。阿佳可是个怯弱的女人啊！

等吉胡瓦铁从家里再出来时，已然大变了模样，他好像刚死了一回，立刻就苍老了。他脸上的皮肤松弛下来，层层相叠。他步履蹒跚，抬不起头来，他在自己本来就不坚实的背上又扛了个

思想包袱。

　　吉胡瓦铁在"文化大革命"开始后就不再做苏尼了，不用说，苏尼搞的那一套招魂驱鬼的活动完全属于封建迷信的范畴——以定性为奴隶制的凉山而论，连封建都达不到。社会上在改革开放以前，对做这些事的人管制得是很严的。要说没有把吉胡瓦铁打成坏分子已经不错了。不过按照习惯，我们还是把他称作苏尼，就好像那是他的一个名字。等到社会环境松动了一些，一些过去生活的苗头又开始显露出来，吉胡瓦铁的苏尼身份不再徒有虚名了，悄悄地竟有个别人家来找他去为病人或者宅子捉鬼了。

　　包括"文化大革命"前，我记得吉胡瓦铁被大家请去捉鬼，前前后后共有五十多次。大多数时间是某家的病人病得快死了，县医院州医院都去过了，药吃了一背篼，也要死了，亲人们便瞒天瞒地地把吉胡瓦铁请到家中，帮助捉可能卧在房头地脚的鬼。这些人都经过了社会变革，有没有文化、通不通汉话都不要紧，关键是不再沉溺在凉山传统的社会风习里。就是说他们对捉鬼这样的事并不很认真，只是鉴于老人的要求，为了给老人一个临终前的安慰，也确实没办法了，才来找吉胡瓦铁苏尼的。

　　吉胡瓦铁只做过有限的几次跳神法事，其余的时候他都是收集一些病人的旧衣物，一个人走上一天，带到林木杂生的老林子里，插一根竹竿，一边口中念念有词，送鬼送祟。然后再把病人的衣物挂在竹竿上，用一根红绳子一绑就回来了。

这种驱鬼术很便当，就是走路辛苦点。别说，有时候还真管用。眼看着一个病人日薄西山地躺在家里等死，经苏尼做完上述法事后，鬼被驱走了，病人又能坐起来吃饭喝酒，甚至还去山上放羊、挖洋芋、捡菌子了，而且一活又活了好几年，能说不是苏尼的功劳吗？

当然，不管用的时候多。不过我们那里的人不这样来看。因为明摆着的是，纵然你是个力大无穷或者聪明绝顶的人，总有一天说死你也会死的，没有人能活过我们眼前夏荣冬枯的山去，除非你的灵魂。所以，退一万步来说，为了你的灵魂长相守在你的祖地，不被死亡带到无边的黑暗里去做一只无头苍蝇，做一做法事总是好的吧！

不过，当他们想再去找吉胡瓦铁为自己做法事时，已不可能了，因为吉胡瓦铁洗手不干了。声称自己从来没发过癫，美梦噩梦都没做过任何一个，本来就不够格做苏尼，不过仗着点从他爸爸那里学来的皮毛，实在是干不下去了。再说，他也老了，没得力气跳啊蹦的，还转圈了，说某一次转圈都把自己转晕了，回到家晕就不说了，吐都吐了三天。

吉胡瓦铁决定不当苏尼后，搞得我们这片地方挺不方便的，这时大家才觉得，原来平常看上去那样温和、好说话的吉胡瓦铁其实最固执了，简直像俗话说的一头七八个人都拽不回来的犟牛。

再说，他也太较真了，哪里就至于不当苏尼了呢！民改三四十年，谁会去留意那么件小事呀！

不是指的他私拿洋芋的事，那连小事儿都算不上，可能刺中的只有吉胡瓦铁自己的心吧！至于我们认为的这件小事，在吉胡瓦铁看来比泰山还重，压得他气都喘不上来，正统如他，也可以说好面子如他，并不奇怪。

那件我们认为的小事大约发生在五年前，说起来吉胡瓦铁那一年已经六十多了。一个如此年龄的人，还是一个日渐在社会上赢得声誉的苏尼，发生那样的事都不能以笑话来论处了。考虑到我们的风习，像我们这些围观的人，按理说是要忍和憋住笑的，但我们没忍和憋住。谁让我们是一伙快乐的人呢，又谁让我们脱离父辈祖辈的管束太久了呢。结果，害得我们那里到现在都没有苏尼了。

五年前秋季的某一天，连连下了半个月的雨，刚刚放晴，清早起来，还可以看见成团如烟的白雾在满山满沟飘袅。

　　吉胡瓦铁来果切家时，太阳升在半空，他的影子长长地投放在地上，好在是在他的左侧，他不用担心手里的拐棍会碰着影子，否则的话，像往常一样，他会把拐棍平握在手上的。影子可随便碰不得，因为它象征着一个人的灵魂。

　　挂着祖传的青枫木拐棍的吉胡瓦铁裤腿挽至大腿，从膝盖以下沾满了我们这里特有的红色泥浆。我们都站在果切家的门口看着他。

　　吉胡瓦铁一看见我们，就露出了牙齿，展开他黑脸上的皱纹笑了笑，当然他的样子像是在发愁，他的确愁云密布。他慢慢地走近我们，从泥泞里一下一下地拔足而来，从他家走到这里，他走了三十里的山路。

　　从他一出现在我们眼前，我们就看出了他是在怯阵。他坐到专门为他准备好的位子上时，哆哆嗦嗦地找了好半天合适的地方来放他的拐棍。

　　和我们待在一起的，除了十来个男人外，还有七八个女人。女人们靠在一块，喊喊喳喳，像山麻雀似的东说西说。图方便，反正也不是过时过节，没人穿自己的彝装，一身的汉装，也说不上是汉装，洋装也不是，反正就是时下我国城乡妇女普遍爱穿的牛仔裤和翻领秋衣或者短袖运动衫。

　　是果切家请的吉胡瓦铁。

　　果切木热的母亲一年前喉咙突然痛得连水都吞不进去了。这样痛了大半年，就瘦成了一根干柴，抬到乡卫生院，又让转到县医院。县医院输上葡萄糖和一种贵死人的营养液勉强维持住生命，诊断说是喉癌。医生对果切木热说，救不活了，问老人多大了，一听六十七岁，马上说，抬回去抬回去，算了。

　　果切木热血气方刚，嫌医生说的话轻佻，撕了诊断书扔在医生的脸上，用擦尔瓦裹起他母亲一抱，头也不回地出了医院。

　　吉胡瓦铁到来之前，他母亲果切已被安置在他家的院子里。

　　果切他母亲裹了件黑毡衣，躺在专门从屋里搬出来的床上。毡衣很新，恐怕就是她的老衣了。谁都明白她没救了，她儿子为了尽他的一片孝心，才请来了吉胡瓦铁，和咱们目下时兴的临终关怀是一个意思吧。果切的母亲看上去有点不耐烦，但又无可奈何地看着天空。人老了，就得任由他人摆布。她的眼睛深凹在眍进去好深的眼窝里，整个脸全靠得了大病以后的皮肤和骨头撑着。

　　吉胡瓦铁干了一小杯苞谷酒后，才来到果切他母亲的床边。他的两只手握在胸前，紧张得手指头发白。他努力睁大自己的细眼睛，像是要看清楚果切他母亲的面貌、精神如何，他可真耽误时间。

我们都屏住呼吸盯着他，老实说，我们也很紧张，苏尼在酝酿情绪时，往往最让人着急了，因为你很难预料，苏尼憋住劲后，是猛地直挺挺地倒下去，口冒白沫，神志迷乱，在地上翻覆打滚呢，还是并不需要摔倒那一程序，直接就可以手舞足蹈地跳起神来。

吉胡瓦铁却出乎我们的预料，脚底下哧溜了一下，差点扑到果切他母亲的身上。

果切他母亲翻眼狠狠地瞪了他几眼，吉胡瓦铁两脚相碰，急速后退朝后，要不是果切在后边撑了他一下，跌倒都可能。显然，他被果切的妈妈吓了一跳。

围观的人都揪着心呢，像我，下意识地便叹了口气，生怕果切他母亲那几眼瞪乱苏尼吉胡瓦铁的阵脚。正担心着，只听他啊呜地叫了起来。这声音在清亮的太阳照耀下够尖锐的——声音和阳光有什么关系呢，没有的，可那一刻我就是这样来感受的，也是奇怪。等我回过神，再望过去，吉胡瓦铁旋转了一圈，已经手也舞之，脚也蹈之了。

哎，这下我们一颗悬在空中的心才放了下来。别看我们都是些爱看热闹的闲人，可每一次都替手段不怎么高强的苏尼吉胡瓦铁揪着心呢：万一他倒在地上爬不起来了呢，再万一他用力不当磕破脑袋了呢，又万一他转昏了头转出圈子去了呢！好在虽然差强人意，但他还从来没出现过大失误。

这一次也是吧？！

且听且看他，边舞边跳，还边为果切的母亲招魂："哦啦，哦啦，哦啦……"这是彝话汉译，"归来"的意思。什么归来呢，当然是果切母亲那可能正渐行渐远的灵魂。

法事进行到这个时段，一般我们就顾不上担心了。苏尼，尽管是一个不怎么高明的苏尼，可他的声音也揪扯人心呀！这声音尖利、颤抖，向我们这片地方的青山绿水和飘着云朵的碧空，总之，一切可能住着神的地方讨我们亲人的灵魂，想要那灵魂别离开它的主人，让它的主人在她儿女成群的家园里生活得更长更久。

这是让人沉醉的声音。

预想不到的意外陡然降临，大家顿时都给惊呆了。全场鸦雀无声，那些一开始被吉胡瓦铁惊跑的鸟儿又飞了回来，它们啾啾地在我们的头顶叫唤着呢。转眼间，鸟儿的叫声被我们这些不知道好歹的人憋没憋住忍没忍下的大笑掩盖了，它们也再一次飞走了。

意外发生在我们这片地方的苏尼吉胡瓦铁身上，这是不用说的。

到底谁先看见的，无关紧要，我甚至可以声称是我。我当时又想叫又没有叫，眼角的余光瞟见的是，果切木热冲上去拦腰抱起吉胡瓦铁飞也似的冲出了我们围成的圈子。更确切的是，我实际瞟见的是果切木热抱着的吉胡瓦铁，在果切木热的两臂间，吉胡瓦铁那青蓝布拼的足有二尺长的裤腰垮在他的大腿根。

这已经足以让我们这些看热闹的人笑声骤起了。

确实如此，吉胡瓦铁在送鬼招魂忙得晕头转向时，一定是裤腰带断了，唰的一下，穿得快烂的已经没有颜色的大脚裤便滑落了下去。就在那将滑未滑之际，果切木热把他抱离了我们的视线。要不然的话，我们在场的每一个人，都会看见他那干巴、酱黑的屁股的。

事情过后，吉胡瓦铁领着他的孙子，牵了三头猪一只羊去果切家，名义上是去追悼没有被他唤回魂来的果切木热的母亲，我们都很明白，其实他那是去感谢果切木热救了他的命，否则当时他要是毫无知觉地听任裤子垮到底，他一定会因为这空前绝后的羞耻，找根绳子上吊的。

欧婆婆传

1927年春天，一个江西来的客商，从成都出发，沿着那条非常有名、有历史的，由司马相如领缨在崇山峻岭中开凿出来的西大道，要去云南做买卖。走到凉山境内也是非常有名、有历史的，经诸葛孔明挂帅修缮的最凶险的孔明鸟道时，得了场大病，不得已，只好在沿袭古驿站名叫下来的云相营歇下来将息身子。

云相营在那时候早就是个镇子了。它虽然也是被南北两面的山夹持住的峡谷，但是比较附近的其他地方，要宽敞得多，有股水也远近闻名，渐渐地，人户云集，成为西大道上各个驿站中最大的一个，比县城也毫不逊色。东来西往的以百人计甚至千人计的客人、商人、军队都必须在这里停一脚，洗刷马匹，清扫衣物，检查枪支，以便对付前面绵延的山岩野岭和每段路上都有的凶匪恶兽。

住在云相营的居民都是汉人，当时有一千多人、二百来户人家。关于他们的来源可以追溯到西汉时期，然后再一直源流下来。那些屯垦边地的士兵、挣钱经商的贩子，都最有可能是他们在凉山的第一代祖先。他们这些人较凉山的彝人白净，身材矮小，从不处心积虑、满头大汗地去追究自己的祖籍是川西坝子还是彩云之南，是湖南还是陕西，他们的老家就在凉山，毫无疑问。他们挨着青石板铺就的西大道，慢慢地抠着过路客人的钱财，经营着自己的生活。

在镇子的东头开了家客栈的欧姓老板，他家来云相营的时间不算长，他的先人大概是河北的，清朝初年，随着一帮子被清兵追得乱跑的难民，一个人跑到云相营，跑不动了，就娶了当地的女子成家立业，传下了河北欧姓的一脉子息。

欧记客栈的建筑和云相营的大多数房屋一样，为了防范无时不有的匪情，建成了孤立耸起、窗户小得只容一颗头出入的碉堡样式，楼有三层，高七米。穿过堂屋出去有十级台阶，下去是一个天井，三面围着客房，天井当中一株板栗树，婆娑，昂然，越过屋脊，伸展在半空。客人们走累了，一抬头，看见欧家的大板栗树，就说云相营到了。

在1926的冬天，年迈的欧老板死了被肺痨拖了五年的独生子。欧家因此断了根子，欧老板伤心得神志恍惚，一蹶不振，家政家务悉数落到了女儿手中。

这位女儿，就是我正替她立传的欧婆婆。当然，那时候她还不到婆婆的年龄，将满十七岁，全名欧桂兰。

那个从江西来的客商胡山是打东面过来的，他随身还带着个挑夫，挑着担绫罗绸缎。

胡山一早从前边的一站出发时，就已经打开了摆子。这个江西老表在凉山春天卷裹着流沙的风中，眯缝着双眼，满面灰尘，一路嗒嗒的，上牙敲下牙，浑身哆嗦着在日落时分跨进了云相营东头第一家旅店——欧记客栈。"老板，老板，"还在门槛外边，跟着他的挑夫，左肩上压着担子，右手搀扶着他的雇主，就一迭声地嚷嚷开了，"你们救救他，他要死了！"

胡山一进门，坐在堂屋中央时红时黑的火塘边，就着昏暗的青油灯光正拨着算盘珠子计算这一天收入的欧桂兰，就知道来了个伤寒病人。她母亲坐在她旁边，眯缝着钢炭火烟迷糊了的眼睛。

欧桂兰的母亲也看出了胡山害的是伤寒病，她跳起来，跺着脚，吐着唾沫，向外轰胡山："滚出去，瘟神！"她喊道。

也许欧桂兰当时就成竹在胸，要让胡山倒插门，做自己的男人。她从来都比她死了的哥哥有胆量，还是孩子时，就打得她哥哥哇哇痛叫，眼泪鼻涕横流。

她站起身，一把划拉开变得虚弱的母亲，抢上前去，帮助挑夫卸下担子，道：

"别着急，先住下来再说。云相营的山上有的是草药，任你是什么病都能治活。"连她自己也感到此刻她的语气和她平常像阵风看不见影子的性子大为不同，她温言婉语的。

在挽扶着瑟瑟发抖、冷汗湿手的胡山去往客房的路上，欧桂兰又留神地瞥了胡山几眼。暗淡的光线下，能看见胡山额宽鼻直、眼细唇厚，人又长大，欧桂兰才齐着他的肩。欧桂兰成了欧婆婆后，根本就忘了胡山身上的汗味，其实还馊着，当时就让她的心咯噔咯噔地跳。胡山的胳膊疲软地搭在她的肩上，那一种无力和依赖，又亲切又温暖，弄得欧桂兰的肌肤和心都惊颤颤的。

她的母亲在他们身后嘟嘟囔囔的，还在骂胡山"瘟神"。也仅此而已，她不太敢得罪现在挣钱养家的女儿。

欧桂兰骨架子大，连颧骨、颌骨都有棱角，人又矮，尤其鼻梁塌平，两只眼睛像漂浮在脸上。不过，欧桂兰生就一对经商的眼睛，骨碌碌转，又精明又乖巧，看眼色一流，谁要惹着她，拿眼瞪一瞪，狠巴巴的，对方也会暗自掂量一下，怯阵的多。连胡山那样见多识广的人，也很吹捧她的眼睛。

欧记客栈在她主事之前还只是家单纯的旅店，欧老板一把钥匙交给欧桂兰，她就在当街的门脸边辟了个炒货摊，一年四季，炒花生瓜子，也炒时令的板栗、榛子。炒货摊才将开了一两个月，名声就响了，远远近近，就是云相营最会算计的人也常来买一把两把的，说是馋得人清口水直淌。

欧桂兰接管家政后，还给客栈添了个新项目：供应饮食。

以前，客人住下后，洗把脸，就要着急忙慌地出去找东西吃。走了一天的路，荒山野岭的，肚子饿得咕咕地叫，这是他们常说的话。现在只消安安生生地坐在客房里，等人来问，客人，你在这里吃，还是出去吃？要吃什么？女小老板也常常笑嘻嘻地来陪两杯酒，喝得他们醉眼蒙眬，想入非非。

这些人久别妻室，在外边四处打的都是野鸡，对体贴入微、笑容满面的欧桂兰难免有非分之想。欧桂兰自己也顺竿爬，好歹，她总可以从他们身上刮点油出来的。最可能的是首饰。太贵重的，欧桂兰也不要。有时候是一枚戒指，有时候是一对耳环，或者金的，或者银的。欧桂兰从来不在他们烂醉如泥时才占这样的便宜，她让他们还没有多喝时就满怀希望地送她东西。她适可而止，分寸拿捏得又恰到好处，最后好像是那些住店的客人强着她要自己的东西似的。当然，她也由着他们抓捏她的胸和屁股。她母亲为此骂了又骂她，什么不要脸的狐狸精了、短命的妓女了，早知如此，还不如生下来就摁在尿盆里溺死了、丢在岩下摔死了，等等吧。

欧桂兰在和胡山结婚前，几乎天天都有赚人宝物的好运气。只是有一次，一个商人烂醉之下送了只缅甸的硬玉手镯给她，大家高高兴兴地散了场，没想到第二天一早天还没有亮，那家伙就跑来敲打着欧桂兰的门谩骂开了，他说欧桂兰小妖精偷了他的玉手镯，那手镯他是要送他老婆的。

就这样，欧桂兰挣回来的钱几乎是过去的两倍。

到胡山住进店中的那一天为止，欧桂兰扩大了的家业，已经雇用了六个伙计。虽然这些人灶房里客房里到处都在使唤，但欧桂兰还是忙得滴溜溜地乱转，一趟一趟地在店子里穿梭，鞋底像是抹了油，地都不沾。半夜睡不着时，想的也是明天如何、后天如何，没完没了。遭遇匪情张狂时，整夜就抱着一只四方见长的红漆木盒，里面锁着欧记客栈即使房子烧了也可以再建一座的全部财产，躲到爹妈的房间里，听着犯着哮喘病的老爹呼哧呼哧，喘不停，一家三口，黑着灯，嗦嗦地心抖身抖，挨到天亮。

这当然是没有年轻男人的家庭在云相营最犯忌的事。

六个伙计里，三伙计最受欧家赏识。这个三伙计，人长得精悍，又会拍马屁，只来了半年，就把大伙计二伙计挤得没了位置，一天到晚都在欧记客栈最显眼的地方探头露脸。云相营里的一般人早都把三伙计看作是欧家的上门女婿了。欧桂兰也有意无意，一眼两眼地飞三伙计，显出和店里的其他人不一般的情分和信任。哪怕欧桂兰多次发现三伙计手脚不干净，偷东拿西，某次在灶台边偷酥肉吃，哽得差点让肉卡住喉咙，也假装和三伙计意非寻常。

云相营虽然有当地士绅组织的武装监守，又有国民党军队一个班的换防卫兵，但是抢匪却没有一点惧怕的意思，每每到了天高月黑的时候，就有枪噼里啪啦地响得人心尖尖都在抖，如果碰巧抢匪得了势，大声呼啸着从四面八方扑了来，云相营那一晚上就要损失人和钱财，尤其后者。但云相营的人也不是等着挨枪挨抢的，家家视自己的底子厚薄，都各有杆枪护院。用枪的人都是自称脚板踩在地上能吱吱发响的勇猛男人。欧家也有两杆汉阳造的步枪，欧老板握着一杆，另外一杆就由欧桂兰特别恩准给了因为受宠若惊，鼻子直抽搐，两眼盯着她傻看的三伙计。

当欧桂兰有一天晚饭以后，宣布她要和胡山成亲时，三伙计的脸都变成了猪肝那样的深紫色。那时已经是夏天了。就是说，胡山因为伤寒在欧记客栈里养了三四个月的病，养得不走了。

在胡山病重的头一个月里，他的挑夫倒很忠实，没有抛下他去另寻雇主，而是住在厨房边那间又黑又暗的柴房里，守着那担绫罗绸缎，等着胡山好起来。平常时间，或者上山砍背柴回来，或者帮着厨房劈柴，不怎么说话。给胡山擦汗抹身、端屎接尿的活都成了欧桂兰的事了。

胡山清醒过来有意识后，拉着欧桂兰的手决定留下来。他解开绑在腰间的沤得汗臭的腰带，把缝在里面的银子珠宝悉数交给欧桂兰，那担绫罗绸缎也作价在云相营出了手。

挑夫呢，接过胡山给他的大大超过应该付他的工钱，一声不响地又跟上另一个客商继续往云南去了。

三伙计在欧桂兰和胡山拜堂时，举起欧家让他使用的那杆枪朝胡山开了一枪，从此杳无音信。三伙计肝火太旺，虽然瞄准的是胡山的头，打飞的却是他头上的黑色瓜皮帽。

三伙计的做法，大大地刺激了胡山，更使他觉得自己留在云相营不但为了报答欧桂兰的救命之恩，而且欧桂兰是值得他来怜惜的，要不的话，哪来那争风吃醋的一枪呢！

就在这样不知不觉的情感转换中，胡山彻底做了欧家的上门女婿。

新婚的乐趣一过去，胡山就百无聊赖得说话吃饭都懒得了，就好像他一直在等一个约好要来的人，但怎么也等不来似的。

在云相营这里，夹持着镇子的是两面的绝壁峭崖，头上的天就像是根线牵出来的，要想看，非要仰得脖子都酸了。镇子里的人，管他东街西巷的，掉头转身，半天工夫，尽都是熟脸孔了。稍有时日，连张家的老三夜尿难禁在吃猪尿泡炖何首乌，李家的小媳妇深更半夜偷人被捉奸在床打了个半死都知道了。而要去别的镇子里玩，比如冕山、甘相营，再大点的泸沽、西昌，贪早贪黑，一天未必能走到。

胡山待得实在无聊，又没有兴致听欧桂兰的吩咐当街去卖炒货，或者煞有介事地坐到柜台后去记账。胡山什么也不想干，每天一起床就盼着上床，一上床又盼着起床，唉声叹气，连喉咙都发炎了。欧桂兰的情绪却始终高亢，没来由似的，时不时地屈起食指中指在胡山的头上敲得砰砰的，兴奋得吱哇乱叫。胡山似乎也不厌烦鼻梁塌陷、骨头硬朗的欧桂兰，其实也只有他知道，支棱如干柴树枝丫的欧桂兰是可以燃出熊熊大火的，让他欲仙欲死的。

但是他厌烦了云相营。

所以，胡山只好每天去到王家的茶馆喝茶，听过往的客商谈新说旧，晚上也偶尔偷着去赌赌钱。后面这件事他干得天衣无缝。胡山是个好男人，他不想让欧桂兰知道自己辛苦挣来的钱上了赌桌。只有一次他险些暴露天机，他输得只剩一条裤衩，趁着夜色跑回家时，已经想好了骗欧桂兰的话，他说他遇到抢匪了。他描述说是两个抢匪，各人手中握着把挖心的尖刀，寒光四射，简直都快刺破夜空了。这在云相营并不是稀奇事，欧桂兰不但信以为真，还听得寒毛直竖，钻进胡山的怀里，缩成一团。

胡山在他们的第二个儿子出生那一年，终于萌发了离家出外经商的念头。

他向欧桂兰讨本钱，说还是要接着去把云南的那笔他因为病耽搁了的珠宝生意做了。欧桂兰一听，马上就哭开了。

欧桂兰这种哭是云相营特有的，呕呕两声，哭得又悠长又悲哀，像雾似的久久地袅绕在云相营被重山夹峙着的天空。这两声哭出来要是还觉得不解气，就一边数落得罪她的人平常的种种不是，一边跑到山岩岩上去作势往下跳，还嚷嚷说，哎呀哎呀，活不成了，活人好难呀！

云相营的女人说跳真的就跳，像这样死了的，一年不下三几个。从山岩上摔下来的女人，白色的脑浆都要擤出来的，噗的一下，就像豆花散了。

这一次，胡山当场就被吓得嗫口无言，又被欧桂兰的母亲把他两岁的大儿子领到跟前，将他们父子两个推来搡去的，说："要去就带上这孽种吧，欧家可不是好欺负的。"如此这般，大闹了三天三夜，搞得胡山有好几天走路都不敢出声。

那时，欧老板已经死了，欧家这样男人先女人而亡的事总是一而再再而三地发生，难怪众人都说，看他家女人的颧骨那么老高的还不明白吗：克夫。

胡山真的走过一次，不过，不是成心的。

从云南过来五个商贩，投宿在欧家客栈，晚上就着欧家的炒货，喝着欧桂兰酿的山桃子酒，在欧家的院坝里，和胡山聊天，聊到投机处，差点和胡山拜把子。第二天，胡山一早就和那五个客商一起踏着秋露打湿的路草上了路，说是去送他们一程。

欧桂兰没表示特别的异议，这五个商人非常慷慨，晚上喝醉了酒，用留着很长指甲的肮脏的手指头掐着她的胳膊，说："胡大哥好福气，有这样爽快的老婆！"说完就给了她一对金耳钉。

这对金耳钉据他们说，是从云南某一个山寨里用一根金光闪烁的假项链换来的。那些人和凉山这里黑黢黢的彝人长得很像，眼睛憨乎乎的，一派天真得你说什么他就信什么。

他们说完，还又得意又诡谲地拍打着绑在腰间的硬邦邦的财宝，直朝欧桂兰挤眉弄眼，说，这些财宝带回家去，他们的婆孃准会高兴得睡着了也要笑醒。

欧桂兰不吱声，胡山却一个劲地睃她，那意思很明白，要不是你欧桂兰绊住了我的腿，看我如何给你金呀银的吧！

胡山相送那五个商人，嘻嘻哈哈地，直送出去两天的路程。

胡山折转身，才往回走了一半的路，就碰见了云相营的几个年轻小伙子。他们都是一副赶路的精悍打扮，一看见他就叫了起来："胡大哥，你把胡嫂子急得要跳岩了。"他们是奉欧桂兰的令，来捉拿胡山回去的。

胡山根本没想要瞒着欧桂兰一走了之，如果那样的话，他还像人吗？毕竟，他这条命是欧桂兰给捡回来的，欧桂兰还给他生了两个儿子，而且，而且，欧桂兰的眼睛挺勾人的。胡山就是这样想的。他还想，但凡走，他也要让欧桂兰知道，包括回来。所以，那一天，他挥挥手，很洒脱地迈着大步说："这婆孃啊，像阴风似的，缠住你就不散了。"

在家里等得两眼发呆、蓬头垢面的欧桂兰，一见胡山，扑上来便号啕大哭。她瘦瘦的胸脯从来没有因为哺乳膨胀过，像石板一样的胸骨硌得胡山生疼。

胡山这辈子是哪里都去不成了。

1935年的5月，从江西来的红军经过云相营时，胡山第二次也是最后一次决定离家出走。

早在红军要来的前半个月，风声就一天比一天紧了。众人也不知道红军是做什么的，反正一听是军队，云相营有钱没钱的人家就像惊弓鸟，扑扇着翅膀，一头栽进老林子躲到平常有来往的彝人家或岩洞里避风头。驻在云相营护路的邓家兵和一些云相营带枪的喽啰人等，也都移到云相营北边的一个路人必经的隘口，准备阻截红军。

云相营鸡飞狗跳之际，欧桂兰却打定主意，哪儿也不去。

怕啥子，她说，兵都是流水，流过就没了，可她家的客栈，是河里的磐石，任谁都动摇不了的。

说她不怕，那是假的，她怕得心跳得把衣衫都连带起来乱颤。再怎么怕，该做的她都做好了，先是把她藏着金银财宝的红漆盒子埋在板栗树下，再把两个儿子和她母亲托付给一个出外避险的亲戚。

这两件事做完后，她长长地出了口气，一回身，拽上胡山，怀里搂着他们的第三个孩子，一个女儿，闭门闭户，不出声息地守在堂屋里头。

胡山知道红军是从江西来的后，犹如死灰的心不点自燃。他知道，这可能是他今生今世最后的一个希望了。红军是从他的老家江西来的这一点也让他莫名振奋，这些人是来救他被困在大山里的小命的，此时不走，更待何时！

他原来指望欧桂兰也像云相营的那些胆小鬼呼地一下便躲得无影无踪了。他故意把道听途说来的红军共产共妻一类的话再添油加醋地讲来吓唬欧桂兰，还编排说红军比抢人的蛮子还凶。蛮子是对当地彝族人的蔑称。那时候，确有一些奴隶主会不时地从他们住的高山上下来为自己家抢两个种地的或是三个放羊的娃子的。

但是不管他说得如何凶险，表情一派惊慌，欧桂兰都不为所动，还决定留下来守家。这就打乱了胡山的如意算盘，他本来已经打算好要跟上红军一走了之的。到了这时候他也看清了欧桂兰，她是绝对不会让自己离开云相营的，这个矮婆孃！

这样，胡山就只好直接央求欧桂兰放他一条生路了。在堂屋里，他把口水都说干了。他说的时候，欧桂兰一声不吭，只是不时地打断他，让他小声点，免得传出去被人听见。和他们一门之隔的青石板铺的小街上，一阵一阵杂沓的脚步声、马蹄声、人声过去的间歇，就很安静。

胡山说，你看这些红军，他们是从我的老家来的，也许其中还有我的哪个兄弟、朋友呢。我跟上他们，他们保证不会欺负我的。他说，他讨厌极了云相营这个地方，一日三餐吃了就睡睡了就吃，四面山上的石头和树子就像铁做的锁，把他锁得动弹不得。他说，这里的地盘太小，翻不起云浪，我跟上红军走了，一年两载的，肯定混出个人样来。他说，你就让我走吧，我保证不会忘记你和我们的三个娃娃的。我最多十天半月的，就会捎信给你，我绝对不会在外边沾花惹草，要是那样，我何必还要做人呢？我就变成癞蛤蟆算了。他又说，是你救了我的命，我要对得起你，对得起我做人的良心。

经过云相营的这路红军是中央红军。他们是在胡山恳求欧桂兰的当头到的云相营。当时，公鸡都打第三次鸣了，天也快亮了。

然后，胡山听到他们在隔壁的房门上轻叩，还悄声地喊："老乡，老乡，你们在吗？有人吗？"就不顾欧桂兰把他的腰肉拧得生疼，吱哇一声，开了门便走了出去。

正在敲门的一个脸上有胡须的红军，惊讶地扭过头来看见了他。红军稍一迟疑，立刻，一股十分柔和的微笑就浮现在了他的脸上。红军朝他急走了两步说，江西口音："老乡，你没跑吗？你不害怕吗？"

胡山当即就用纯正的家乡话回道："不，我不害怕，我能跟你们走吗？"胡山在这样说时，自己也感到两眼熠熠生辉，就像夜空的星星。

那个红军又换了种更加惊讶的表情在脸上。"啊呀，"他说，"原来你是我们江西老表啊！多远的路，你一个人是怎么来到这里的呢？"

胡山马上就笑了，他的心豁亮，像鸟儿啾啾着飞过的天空。

这时候，一直跟着他的欧桂兰，火燎着似的，呕啊哇的，爆发出一连串的哭声。她憋了一夜，实在憋不住了。她把他们的女儿往胡山的怀里一塞，就势倒在地上，带着无尽的悲腔发问，自从胡山进了欧记客栈，她过的究竟是什么日子啊，她自己回答说，比苦力不如，比老妈子不如，比乞丐不如，因为她摊上一个好吃懒做、愉奸耍滑的男人！水流声响，那个红军都听傻了。胡山面红耳赤，脸哪能挂住，出腿在欧桂兰的屁股就是一脚。他这脚踢得凶，一下子把欧桂兰踢得翻了个身。小个子的欧桂兰趴在地上，像水田里的青蛙到了旱地，无力无助，双手轻拍着地面，两条短腿一蹬一蹬的，她说，胡山要是没有她，早就成了云相营的一个鬼魂了，那么胡山的两个儿子、一个女儿又从哪里来呢？又有谁知道这世上曾经还活过一个叫胡山的男人呢？情绪转激烈，尖声责怪胡山一天到晚泡茶馆、上赌馆，就差逛窑子了，说他："你要是真男人，你何必站在这里丢人现眼，你怎么不一头碰死去！好啊，好啊，胡山你吃得我欧家钱没有了，粮没有了，你就想跑，去当什么丘八。军粮好吃的呀，一个枪子飞来崩了你才好呢！"

她这一通话，常常被来自她喉咙的悲愤交加的气破碎得零零散散的。突然，一股气没续上来，她眼珠子一翻，就昏了过去。实际上，她不一定真的昏了过去，至少胡山不相信，云相营女人们惯用的伎俩他也熟知一二。但是红军相信。那个长胡子的红军找来两个女兵，轻手轻脚地把她抬到胡山和她那张足可以躺五个人的梨木床上，又吩咐两个女兵暂时留在欧桂兰的身边照顾她。

她醒来后，便摸了把剪刀往喉咙上戳。两个女兵没拦住，她就戳破了自己喉咙上那苍黄的皮。

胡山因此哪还有走的可能，红军说什么都不接受他，不单纯因为欧桂兰寻死觅活，通过欧桂兰的哭诉，红军还判定胡山意志薄弱、作风恶劣，不具备当红军的条件。

胡山这才彻底意识到欧桂兰就想把他拴在自己的裤腰带上，根本不打算放他片刻的自由。心机又深，他还以为赌钱的事儿瞒得只有他自己知道呢，其实从来就在欧桂兰的掌握之中。呸，他切齿骂道，欧桂兰，你这个丑婆孃!

凉山解放后，汉区定成分时，尽管那时欧桂兰家已经破败多年了，但平常看不惯欧桂兰做派的人，添油加醋，都想政府给她家定一个商人成分，因为她家山根处那几亩薄地，还说，定地主也有余。

欧桂半指着其中跳得最起劲的某人问，你家有哪位给今天的解放军当年的红军带过路吗? 众人这才知道胡山曾经给红军带过路。

此事虽然没有其他的人可以证明，当事人胡山又早死了，但是人人都相信它的真实性。因为如果不是当地人，是不会知道还另有一条路可以绕过那个重兵把守的隘口的，而当时云相营没有跑的男人确实只有胡山一人。

也不知是不是这个原因，欧家被定为小商贩，属于半无产阶级。

欧桂兰是在1962年大家都最饿的时候进的县城。

她开始做保姆变成欧婆婆以后，一直非常后悔胡山由于她的阻挡没有当成红军。她说，早知道红军就是又打回凉山的解放军，真不如放手让胡山走的。要是那样的话，且不说胡山会衣裳光鲜地回到她的身边，就像那些满街都是的南下干部。他们当中良心好的，自己混好了，不嫌老婆土，还是小脚，带出来和自己一道享福。她称胡山的良心也很好。最起码，她说，胡山要跟上红军走了的话，就不会在1947年上吊死了。

欧婆婆此话的依据来自一个过路的道士。大概在胡山死了两年以后，是冬天，有一日，也是从西大道上来了位云游四方的道士，穿的是一身灰土布的短襟褂子，打着黑布绑腿。看上去年纪不小了。

天黑时分，道士走进了欧记客栈。那时欧记客栈差不多破产了。除了女儿，两个儿子早已自投生路去了。

没有特别的过场，事情就是，道士一跨进门，欧桂兰的鼻子就酸酸的想落泪。她想她一辈子苦得像黄连，一定有个说法，便请道士给她算算命。

道士把左右两只宽大如翅膀的袖子一扬，说，先管我一顿饭吃。实际上，道士看起来也不像良善之辈，倒像那时候出没于老林子的人，匪里匪气的。

　　欧桂兰听命让道士就着酸菜炒粉吃了顿饱饭，还让他喝了自家酿的一坛子桃子酒。

　　酒足饭饱之后，道士一抹嘴巴，凑到跳跃不止的清油灯前，鼓着两个暴突的黄眼珠，捻着指头，鼓唇摇舌，把欧桂兰的前生后世捋了一遍。责她眼光短浅，舍不得放男人去施展他的青云志，害男人丢了性命，也亏了自己今生的福分。

　　"早晓得就好啰！"言及此，欧婆婆总要嘀咕道。

　　道士的说叨从此骚扰得欧桂兰不得安宁，就她那点有限的想象力，经常白日梦梦见胡山骑匹青色的大马耀武扬威地进了云相营。胡山是来接她去享大福的。那一天，欧记客栈的大门口鞭炮四响，红光耀日。

　　其时，那个道士从怀里掏出几根小棍子，还有一个指头长短的木头人。小木人的头上戴着顶红色的瓜皮帽。

　　道士把这些物件一一归整好后，就说她："你有两个儿子，一个女儿，两年前你的男人死了。"

　　道士这打头的话先把欧婆婆震住了。她那时和她母亲一样，被钢炭火熏得眼眨巴眨巴的，还直淌眼泪。

　　欧婆婆说，头戴红瓜皮帽的小木人在道士的手心里，向前向后，还翻筋斗。随着小木人的拉拽，道士托着它的手移到了已用细棍子搭好的架子下。就在这里，小木人一蹦而起，等欧桂兰反应过来时，小木人已经脖子上套了根线，吊在架子上晃悠了。

欧婆婆说："真正的，那个小人儿是自己走过去上吊的。"

听的人多数都当这是道士耍的把戏，欧婆婆反驳无效，听的人反而问她，你老人家怎么晓得那个道士没有在云相营的酒馆茶馆打听过呢，就是不打听，也有人专门告诉他的，那个时候，多少人忌讳你家有吊死鬼，都不敢来你家客栈投宿了！

欧婆婆有证据，可她不好意思说出来，她就在心里说，那他咋晓得胡山上吊的前一个晚上和我睡了呢？"他"指的是道士。

自从她拦着胡山没让跟来自他家乡的红军走成后，胡山就发誓再不碰她，骂她本来干柴棍一根，就干得烂朽朽的，干死吧！

道士连这些"只有我和那个死鬼晓得的事儿"都一清二楚，欧婆婆说，更加深了她的悔恨和失意。

视对象，这个故事的全本或半本讲完后，欧婆婆会缀一句"早晓得就好啰！"不过瘾，她还会骂，"妈屁哦！"似乎只有这样，才能恰当地表达她在为人家做保姆带孩子受尽屈辱后的心境。

欧婆婆还保证说，她只见过那道士一回。

后来被叫作欧婆婆的欧桂兰迁离云相营时，新的可以跑汽车的公路已经修成，从成都到云南的火车正在勘测之中。在经过云相营的那条两米来宽的石板砌成的西大道上，行走的人除了长年不断的砍柴人和那些居住在林子里的彝胞外，基本上弃之不用了。云相营的人因此断了饭食，再也抠不到过往客人的银子了，周围呢，又没有可以耕种的土地，二百来户人家，慢慢的，由政府调整，举家搬迁，东几家，西几家，都到务农的村寨生活去了。欧桂兰的一女二男也都先后去到县城附近的农村落了户。

欧桂兰不想移动，舍不得她家以前做欧记客栈的房产。那确实是座好房子，传到她手里，正是四代人了。天井里的板栗树还是那样茂盛。欧桂兰就想，反正她也一把老骨头了，离了云相营，她会水土不服的，便打定了主意，死也要死在云相营。云相营河北籍的欧姓人家只有她这条根了。而且，胡山在云相营抑郁生活了二十年后也是死在这老房子里的。

可是天有不测风云，1961年冬天，有一天夜里，刮了一阵狂风，不知道哪里吹来一颗火星，引燃了欧婆婆堆在天井里的谷草，再旁及四围的木头房子，还不是瞬息间的事，连天井里的那棵板栗树都烧得黑乎乎的，焦了。

火情来得非常迅猛，欧婆婆还不及哭，欧家在云相营传了四代的老房子就烧没了。

结果，欧婆婆来了县城，做了给人家带孩子的保姆。就是从这时开始，欧桂兰改叫了欧婆婆。

欧婆婆最先给带孩子的沈家，是个大家庭，子女有九个。她在这家待了近十三年的时间，带过这家的八个孩子。

当时沈家的生活十分拮据，住在三间外面雪白里边却漆黑的公房里。夫妻俩虽然都有工作，那也架不住孩子多啊，顿顿都是白菜土豆，外加一点辣椒佐餐。孩子呢，因为一多，难免质量不能保证，第三个就是一个傻的。

欧婆婆或者当时就有长期驻扎的念头，反正她主动减少了自己的保姆费，说自己吃得苦，不在乎钱多钱少，只要沈家真当她是自家人，何况吃住又不掏钱，你家吃什么我就吃什么，不会受亏待的。

沈家的媳妇很感动，搂着矮小的欧婆婆，流出几滴泪来，说："婆婆，你就跟着我们吧！只要有我们的一口，就少不了你的那一口。有一天万一我们先死了，九个孩子也可以给你送终。你对他们有恩啊！"

欧婆婆就这样住在了沈家。

大概有十年的光景，也就是那个傻孩子长到十岁死了以前，沈家待她确实像亲的一样。

她很少去她的儿女家。她的儿女都在农村，生活清苦又没有保障，她好像还时时接济他们。

她一直藏着的那个红漆宝盒，她从云相营也随身带了出来，至于里面有多少值钱的东西，这个谁也不知道。

她开始在沈家干活以来，她的两个儿子来找她吵过不下几百次的架，他们说她私吞了他们做商人的父亲留下来的全部家私，甚至影射欧婆婆把应该给他们的钱贴补给了沈家。有几次，他们把欧婆婆从工钱里抠出来的一两元钱直接摔向她，说这么点钱，牙缝都不够塞的。当然，那一两元钱在落地的一瞬间，被随他们而来的媳妇们够在了手里。

红漆宝盒里除了一对青玉手镯外，什么都没有了。欧婆婆死时，那一对青玉手镯按照她的遗言套在了她的手腕上。她说那是她妈传给她的。这副镯子按她的说法只传女儿，而她的女儿已经死了十多年了，就是女儿的女儿，也在欧婆婆死前因为婚姻受阻，喝了敌敌畏。

那个红漆盒子最终是如何处置的，不得而知。

老欧家的家私全败在了胡山的手里。

胡山没称愿离开云相营，就赌咒发誓要吃败欧桂兰视为命根子的钱。他说，那还不好办？抽大烟逛窑子呀！他恨欧桂兰救活了他，又害死了他。

天神地煞都拦不住胡山，欧婆婆说，她家妈也是被胡山气死的。

胡山常去的大烟馆是马家开的。马家种鸦片出身。云相营附近沟畔岩下那些缓坡上种的鸦片每年收获后稍一加工多被县城里的大烟馆收走了，余下的都被马家用在了自家的烟馆。马家积蓄渐多，除云相营这一家外，还在远到雅安的海棠镇开了家烟馆。在云相营，人人都喜欢去马家烟馆。

马家烟馆里马家的五个小姐那可是女人里的尖尖呀，光是看看，眼睛就很舒服了，更不用说还细腰扭着，穿梭般地给客人添烟燃火，捎带捶背捏肩了。

胡山刚开始就是单纯地泡烟馆，没有多话。慢慢地，也和马家小姐戏言几句。后来欧桂兰发现胡山吸烟的用度超出了以往，才听说，胡山正在起劲地巴结马家的三小姐呢。

云相营的女人山南山北的事见惯了，没有畏怯的。欧桂兰更是了得，揣了根柴棒，径直来到马家烟馆，稀里哗啦，一边还破口大骂着，把烟馆里的大小什物砸了个稀烂。

欧桂兰本来就瘦小，又有那么多年的操劳和生养孩子，身上净剩下一些棱角四起的骨头了。如此一来，欧桂兰高凸的颧骨就像两个锥子，快要刺破皮肤、流出血来了。那天，欧桂兰没有肉、干巴巴的脸气得精黄，两片嘴唇惨白。她竭力控制住没有流一滴泪。欧桂兰只在无关痛痒、稳操胜券时才用眼泪吓唬人。

马家在这件事上倒很大度地就通融了。只是要求欧家派一个伙计来烟馆里干两个月的活路，作为对马家的赔偿。当时欧记客栈唯一的一个伙计动身去后，再没返回来。

大约在胡山死的前三年，欧记客栈的饮食供应和炒货，已经维持不下去了，来这里投宿的客人也渐稀少，欧桂兰终于踢打不开了。

胡山快要自杀时，鸦片抽得烟馆老板都害怕。他只要躺到烟床上抱起烟枪，就不会主动起身，除非吸过量昏死过去。稍一停，或者减少用量，就口冒白沫，死去活来的。欧桂兰藏在手边的金条、金耳环、金耳钉，也陆续被他或偷或抢，拿去做了大烟资，并非欧桂兰以为的用来讨好马家三小姐了。

以上种种，欧婆婆都一件件地讲给她的儿女听过，但是她的儿子们坚决不相信。他们只在私塾混过几天，又蠢又笨，全然没有一点欧桂兰的精明。他们只记得他们的父亲始终温和沉静、彬彬有礼，倒是他们的母亲成天像只抱鸡婆，不骂人不打人，好像活不了。有一件事深深地刺激着他们。那时候，他们一个九岁一个六岁，坐在堂屋矮小的桌子边，由母亲指导着拨算盘珠。他们的父亲从外面进来，笑嘻嘻地把手里拎着的一包点心要递给他们。他们的母亲忽地蹦起来抓起一把小凳子便朝他们的父亲砸去。凳子的一角砸中了父亲的额头，那里立刻皮破出血，还很汹涌。他们的父亲摔在地上，点心也撒了，但是他仍然笑嘻嘻的。

他们哪里知道，那天他们睡着后，胡山踢开欧桂兰卧房的门，把她摁在自己的胯下，像武松打虎那样，把欧桂兰打得浑身抽筋。

他们根本不相信自己的母亲，隔三岔五地就来吵闹一番，搞得欧婆婆眼泪鼻涕纵横。

这时候的欧婆婆比年轻时的欧桂兰慈和了许多，她高突的颧骨因为年龄的厚皮，柔和如软草覆满的丘。

后来这两个儿子因为同一天在同一个地方，老大请老二，一人吃了一碗变了质的红烧肉面条，回去闹痢疾，闹得不可开交，却以为自己命大，等到想去医院时，已经来不及了，就在一两天的时间里，一个接一个地死了。

欧婆婆从县城先赶到老大家，然后又到老二家，拍着凑合钉成的薄木棺材，喊得哭得声哑气绝。

这以后，欧婆婆又缩小了一圈，小得几乎只有一米高了。她脸上唯一美丽的眼睛，自从哭过她的两个儿子后，就红肿得只剩下一条缝。

她还是在沈家做保姆，那时候沈家还是坚持说要承担对她的养老责任。

沈家的许诺，如果他家的傻女儿不死的话，或者死在欧婆婆之后的话，可能还有点效用，但那个每天被欧婆婆满街上追和找的傻女儿却先死了。

这个傻女儿只有在欧婆婆的照拂下才不哭不闹。她好像到死都在淌口水，口水从她老是张开着的硕大的圆形嘴里流出来，沤得她嘴角的皮肤红里泛白，还起痂。只要有机会，她就会迈着她跳跃般的步伐冲到县城的大街小巷。几乎同时，欧婆婆也出现在了她的身后。欧婆婆一颠一跛，手里捏了根细柳条，嘴里叫着天啊天的。傻女儿跑上一段，就停下来等欧婆婆，而且愉快嘀嘀地笑。结果总是欧婆婆牵着她的手，一路抱怨着走回家。

傻子出生后，谁也没看出她是傻的，长到半岁，就显出来了。她的爸爸觉得很是羞耻，想要把她溺死了事。欧婆婆出面救了她，说自己可以照料她一辈子。傻子在她手下活到十岁。

傻女儿死了两个月后的一天，沈家的媳妇就有点脸红地支吾说，她有个朋友，三十五岁生个儿子，金贵得非要有经验的老太婆带不可，沈家媳妇说，欧婆婆你就去吧。

凭良心说，沈家有一段时间确实是把欧婆婆当成自己的老人来看待的，欧婆婆可能也是这样以为的。在沈家，她干什么说什么，都没有人挑她的理，她甚至可以随随便便地打其中的某个孩子几巴掌。她离开沈家时，那些小一点的都哭了，还揪着她的衣襟不放她。

欧婆婆帮忙的第二家，大概因为后妈的缘故，包括后妈在内，人人都有点乖僻。

生了个儿子的是这家的后妈。在之前，男主人有前妻留下来的四个女儿。他的前妻就是为了给他生个儿子生死的。现在他好不容易得了个传宗接代的儿子，高兴得呀，把四个女儿忘了个精光。于是，他家的摩擦就更多更频繁了。

这家人从来没有把欧婆婆当自家人看过，那四个女儿更是宣布说只要欧婆婆在饭桌上，她们就集体绝食，死了都可以。

她们说，欧婆婆的眼睛看上去太恶心了，红糟糟的，没法让人咽得下饭去。欧婆婆因为年老，还有了些别样的毛病，比如经常在大庭广众之下放很响的屁，确实惹人厌恶。

欧婆婆在这里待到那个男孩长到五岁。

这家人在厨房里给她搭了个铺，每个月按她的要求如数给她十五元的工资，米菜买回来，由她自己煮来吃，不让她和他们同桌吃。这家人的父亲本心是不想如此的，但是他斗不过他的女儿们。她们都凶神恶煞的，经常让他的胃剧痛，就好像是他的前妻故意安下的定时炸弹。

那个男孩却和欧婆婆建立了深厚的感情，他小小的手经常探进欧婆婆可能有许多唾沫的碗里抓东西吃。欧婆婆死时，那已经长成少年的男孩，哭岔了气。

从这家出来，她先后又待过三家，一家不如一家，把她当要饭的呵来斥去。她是太老了，讲话丢三落四，有一次把人家半岁的孩子掉在地上都不知道。

当她听从女儿的劝告，准备去她女儿家享点晚福时，她的心尖尖般的女儿却突然得病死了。

欧婆婆在听到女儿死去的消息时，当即就昏死了。她跌下去时，头先着地，碰了个青色的包。好不容易醒过来，也只知道抓住来报丧的外孙女，越捏越紧，直到外孙女忍无可忍，叫起痛来。

就是这个外孙女，在欧婆婆死前一个月，突然服毒自尽了，说来她还曾是一个人才呢，在县一级的各种聚会、庆典上，打个快板，大批判发个言什么的。

那时，欧婆婆已经不做保姆了，她挨着她的女婿一家生活。

欧婆婆倒活了个高寿，快九十岁了才死。那一年我回去探亲，还在她女婿家的墙根下看见过她，她在那里晒太阳。这是凉山人冬天最闲的一项活动。不过，她已经认不出我来了，即便我告诉她，我就是那四个讨厌她的女儿中的一个。

图书在版编目（CIP）数据

凉山的人 / 冯良著；程丛林绘 . —— 成都：四川文
艺出版社，2022.1

ISBN 978-7-5411-6155-1

Ⅰ.①凉… Ⅱ.①冯… ②程… Ⅲ.①散文集－中国
－当代 Ⅳ.① I267

中国版本图书馆 CIP 数据核字（2021）第 259466 号

LIANG SHAN DE REN

凉山的人

冯 良 著 程丛林 绘

出 品 人	张庆宁
责任编辑	梁康伟
封面设计	叶 茂
内文设计	史小燕
插 图	程丛林
责任校对	文 雯
责任印制	喻 辉

出版发行　四川文艺出版社（成都市槐树街 2 号）
网　址　www.scwys.com
电　话　028-86259287（发行部）　　028-86259303（编辑部）
传　真　028-86259306

邮购地址　成都市槐树街 2 号四川文艺出版社邮购部　　610031
排　版　四川胜翔数码印务设计有限公司
印　刷　成都东江印务有限公司
成品尺寸　130mm×185mm　　　　　开　本　32 开
印　张　8　　　　　　　　　　　字　数　150 千
版　次　2022 年 1 月第一版　　　印　次　2022 年 1 月第一次印刷
书　号　ISBN 978-7-5411-6155-1
定　价　48.00 元